日本轻文库

野猪大改造

野ブタ。をプロデュース

[日] 白岩玄 著
伏怡琳 译

人民文学出版社
PEOPLE'S LITERATURE PUBLISHING HOUSE

著作权合同登记号　图字 01-2018-8958

图书在版编目(CIP)数据

野猪大改造 /(日)白岩玄著;伏怡琳译. —北京:人民文学出版社,2020
(日本轻文库)
ISBN 978-7-02-014809-7

Ⅰ. ①野… Ⅱ. ①白… ②伏… Ⅲ. ①长篇小说-日本-现代 Ⅳ. ①I313.45

中国版本图书馆 CIP 数据核字(2019)第 010686 号

责任编辑　**陈　旻**
特约策划　**周　洁**
装帧设计　**李　佳**

出版发行　**人民文学出版社**
社　　址　**北京市朝内大街 166 号**
邮政编码　**100705**
网　　址　**http://www.rw-cn.com**

印　　刷　**上海盛通时代印刷有限公司**
经　　销　**全国新华书店等**

开　　本　**890 毫米×1240 毫米　1/32**
印　　张　**5.5**
字　　数　**111 千字**
版　　次　**2006 年 10 月北京第 1 版**
印　　次　**2020 年 6 月第 1 次印刷**

书　　号　**978-7-02-014809-7**
定　　价　**35.00 元**

目　录

第一章

序幕

辻希美和加护亚依好像要退团毕业了[①]。我睡眼惺忪地坐在餐桌旁，一边喝奶茶一边“听”电视。自从老爸受居家改造节目的蛊惑，在家里弄出块所谓的“娱乐空间”之后，电视机就被无情地搬到那儿去了。所以，我现在坐的位置差不多正对电视机侧面，只能远远看到三厘米大小的画面……尽管如此，还是能听到加护亚依在用她可爱的声音诉说将来的抱负，八成是要退团毕业了。

又要退团毕业了！她们总是突然跑出来宣布退团毕业。接着就听到歌迷们像回声一样此起彼伏的“哎？”为什么日本人在碰到难以置信的事时，最先发出的声音一定是“哎”呢？脑海中突然闪过这个问题，我放下奶茶，开始饶有兴味地尝试其他声音，结果被一一否定。果然，不得不承认除此以外还真没有更适合的了。

不知道是不是自己喝茶的方法有问题，当杯口离开嘴边时，我注意到一滴淡褐色的奶茶沾在杯沿上。为了伪装成英国绅士，我用拇指拭去茶滴后把杯子放到桌上，然后将视线移向那片因为无人问津而备感落寞的切片面包，显然它现在亟待被人涂上植物黄油来实现自身价

① 俩人均为日本偶像组合“早安少女组”成员。

值。看来今天我注定要背负“纵火杀人”“毁尸灭迹”的罪名了。虽然一如既往地烤好面包，但因为忘记拿植物黄油而顿时没了食欲，那可怜的家伙就这样被遗弃了。尽管冰箱就在转身可及的地方，但我属于那种一旦没了热情就不可能再回头的人。其实说白了，我也就是在跟自己怄气。原本以为开冰箱的时候已经把所有需要的东西都拿了出来，最后却发现偏偏忘记了最最重要的东西……

真困。听人说奶茶这东西能提高注意力，真的假的？我怎么每次喝红茶的时候都会被那股香味搞得晕晕乎乎、什么都不想干了呢？或者说，这东西只对那些一心想要提高注意力的人才管用？嗯，绝对错不了。

打了个大大的哈欠，我再度拿起杯子送到嘴边，然后懒洋洋地看了看钟。七点五十七分。三分钟后再不开始准备上学，估计就难逃迟到的厄运了。不过今天我还完全没有进入状态。头发也好、牙齿也好、衣服也好，还有新长出来的稀稀拉拉的胡茬，从头到脚都是刚爬出被窝的模样。真是个无精打采的早晨。

说起来，如果在平时，我绝对不会这样见人。如果在平时，我会洗干净脸，梳齐头发，刷好牙，换上校服，以一个无可挑剔、完美无瑕的形象出现在家人面前。如果在平时，我既不会做出浪费面包这种对不起地球也对不起鸽子的不厚道之举，也不会开着无论如何都看不见的电视机坐在餐桌边吃早餐。如果在平时，我一定会在八点十五分收拾停当、系好鞋带，用清脆响亮的声音对老爸老妈说“上学去了”，然后走出家门。完全就是一个完美的高中生。

不过今天例外。老爸出差，老妈和兼职的同事外出两日游。既然今天早上他们俩都不在，我也就没必要费心扮演我那完美的高中生了。这是一个自由自在、懒懒散散、完完全全只属于我的早晨。

在奶茶杯子见底的同时，家里的钟敲响了八点的钟声，沉痛地向我宣告悠闲时光已然结束。“别急，不是还有机动时间吗？既不会发生什么意外，也没有戏剧性事件可期待的机动时间。”我一边安慰自己，一边往空空如也的杯子里倒入牛奶充当奶茶，悠然地开始尝试“加时”。

终于，整整三分钟的机动时间就这样不明不白地过去了。我心不甘情不愿地站起来，把喝剩的牛奶和碰都没碰一下的面包拿到水池边，打开水龙头，在杯子里装满水，然后把面包打入一个名为“垃圾箱”的十八层地狱毁尸灭迹。

好吧！接下来，今天也必须制造出一个“桐谷修二”才行。

我用最快的速度冲完澡、洗干净身体，仔仔细细地刮掉新长出来的小胡茬，顿时恢复了往日的清爽。接着再用吹风机吹干头发，抹上发蜡弄出造型，脱下睡衣换上昨天熨好的衬衫，飞速冲上二楼套上校服，把围巾随随便便在脖子上绕几圈后，站到镜子前。大功告成！谁看了都会觉得别无二致的桐谷修二新鲜出炉啦。

我拿起昨天忘记充电的手机，一把塞进校服口袋，跑出房间冲下了楼梯。伴随着跑步时身体的运动，随便裹在脖子上的围巾垂下了一条边。在穿过客厅正想出门的时候，猛然注意到电视机还开着。现在我是一个热爱地球的好孩子，电力自然也是地球的宝贵资源。于是，我拿起电视机上的遥控器按下红色按钮切断电源，一边跟加护亚依告别，一边冲出了家门。

真冷。好冷啊，阿忠①。

象征着寒冬的十二月正在日益逼近，我仿佛听见了它的脚步声。无论如何这寒冷根本不像十一月，简直冷得有些反常。可恶！什么全球气候变暖，绝对是骗人的。肯定是哪个自然保护协会的家伙想出的鬼主意，八成以为只要宣称地球气候正在变暖，那么大家多少会增加点环保意识……绝对错不了！我冻得开始胡言乱语起来，甚至想出了个莫须有的协会，给人家安上了莫须有的罪名。寒风依然毫不留情地向我袭来，好不容易弄出的发型不仅面目全非，还被硬生生地吹成了最土的三七开。

我抬头看了看天空，被散乱的薄云遮蔽的太阳就像一只寿命将尽的灯泡，威力尽失。相比之下，吹向我的寒风却像是被调到了强风挡的最新型电风扇。“加油啊，太阳！千万别认输！”我一边在心里暗

---

① 日本动画片《龙龙与忠狗》(改编自 Ouida 的原作《*A Dog of Flanders*》）中的老犬阿忠。

自为太阳公公鼓劲，一边把手插进裤袋，像乌龟似的缩起脖子，把脸埋进围巾里。如果和同学一起上学，然后两个人像白痴一样互相重复着“好冷啊”、“真冷啊”之类的话，或许这份寒意就会有所缓解吧。

这条上学的路早已走腻了。仔细想想，两年来日复一日我都在走这条无趣的路。这是从我家到学校最近的路，路边的风景和动画片《多啦A梦》里大雄他们上学的路非常相似，一路过去只看见相同的景象不断延续，让人不禁怀疑是不是同一幅画面在被重复使用。对我而言，“习惯”也就几乎等同于“腻烦”。三年里的每一天都必须前往同一个地方，日本全国高中生的忍耐力还真不赖啊。谁说新生代的孩子动不动就发脾气、忍耐力差？这样的人我怎么哪儿都没看见呢？说起来早在一年前我就已经觉得忍到极限了，可现在还不是坚持了下来？如果能为我这种容易腻烦的人制订出一套每学期更换一所学校的制度，那么每天原本枯燥无味的课程也会变得新鲜起来，学习欲望也将大大提升，高中生活也不再因为缺乏美女帅哥而沉闷无聊，甚至欺辱同学这样的校园问题也会由于某个同学在被人找到借口惨遭欺辱之前就已更换学校而退出历史舞台了，这样一来所有的学校教育问题都将迎刃而解。更何况即使在毕业纪念相册里放入几千个人的大头照也没什么不好。

该死的破文部省①！冷，好冷。

---

① 文部省，全称日本文部科学省，其管辖权限主要为文化教育领域，部分职能相当于中国的教育部。

还是一成不变的风景。终于看到了便利店的招牌，对我来说这是附近唯一的路标。我好想进去紧急避难，脱离这刺骨的寒风，进去看两眼今天出版的漫画周刊《早安》，但今天恐怕时间不允许了。这家便利店正好处于我家和学校的中点，如果在八点二十二分经过就表示时间充裕。但今天我掏出手机一看，竟然已经八点二十五分了。离上课铃响起还有五分钟，如果不跑过去恐怕就来不及了。

跑吗？要跑吗，阿忠？该死的风，快别吹了！头发都乱了！啊……跑不跑呢？可恶！

在我跨入学校大门的同时，那位每天都穿着一身品位极差的运动服、还喜欢喋喋不休教育迟到学生的体育老师在我身后用力关上了校门，发出一阵刺耳的响声。千钧一发，不过安全过关。我就像一只差点被关在阳台上的猫，在阳台门关闭的最后一刻成功钻进了家里，一脸侥幸的表情，但心中充满了成就感。可另一方面，虽然自己并没有全力冲刺，但不知是不是因为平时缺乏运动，呼吸突然变得格外急促，口中频频呼出团团白雾。该死，真是逊毙了！何况头发还是三七开……我迅速整理好头发，调整呼吸，装出一副若无其事的样子走进教学楼，开始爬楼梯。

教学楼一共四层，一年级的教室在最顶上，我们二年级在三楼，三年级在二楼，所以资历越高就越不需要爬楼梯。这样的安排虽说很“尊老”，但可惜不太“爱幼”，也缺乏合理性。一年级的学生虽然身体弱小，但一天到晚会被使唤去搬课外活动用的东西，再加上一年级的时候缺乏经验，还不知道哪些教科书和参考书需要带、哪些不用带，因此许多人常常一大清早就不得不背着相当于一个人体重的东西爬四层楼，这无异于严酷的肌肉训练。说实话，我刚进高中时也郁闷得想哭。不过话说回来，学校该不会一开始就是为了训练学生的体格才刻意这样安排的吧？

走进教室时上课铃声早已响过了，可教室里还是一如往常地没有一个人回到座位上、取出课本诚心诚意地等待老师上课。每当第一堂课上日本史时总是这样。当然也有几个人已经端坐在座位上，比如两眼死盯着桌角等待上课的书呆子，他们在班里根本就是透明人，还有就是那些明明没有朋友、却硬要宣称“我跟你们这些家伙不一样”的自命不凡者。前者也就算了，但后者都是些无药可救的自大狂。他们似乎认为如此一来就能胜过周围的人，显得高人一等，但事实上这些人的内心却寂寞难耐。他们除了在心底嘲讽别人是“难以忍受孤独的笨蛋”之外，别无他法。到头来，他们只是一群不敢战斗、逃避现实的家伙。也许在他们眼里，我也只是一个“难以忍受孤独的笨蛋”吧……算了，至少比起你们这些明明忍不了、却还在这里装模作样的人，我可是更坦率、也更像个人的。

在另一边，几个男生正围着那本不知谁买的、我还没来得及看的《早安》，嘴里不停地嚷嚷着：“酷！真酷！”（八成是在看《浪

客行[1]》）

对于“酷”这个词，我不太喜欢随便用，但似乎无论什么事只要对着男生说“酷”，他马上就能理解。埋在那群男生中的堀内健二猛然注意到了我，眼睛一亮。

欢迎光临！今天桐谷修二的“变身秀”即将开幕！

“修二！《浪客行》看了没？这期连载也很酷！”

这是堀内每星期的固定台词。

“真的？我还没看。等下看完了借我。”

“不是吧？太阳从西边出来了？你每星期二不都先去便利店看完连载再来学校的吗？”

“那当然。谁让我星期二第一堂课的老师是武藏老师呢！”

“哈哈哈！武藏当老师怎么想都超严格……”堀内笑着回答。

“没关系，没关系。武藏老师之后会有一位每周更换的泳装美女来给我上课，当然是照片上的。这就叫一张一弛。”

堀内越发笑得厉害起来。“好，一会儿传给你。”

“好。”

记得快点给我！

不错不错，今天的第一位客人被我漂亮地打发走了。但第二、第

---

① 日本连载漫画，原名《バガボンド》，又译《浪人剑客》，作者井上雄彦。作品以日本历史人物宫本武藏为主人公。

三位顾客却如同雪崩般接踵而至。看来今天也得忙上一阵子了。欢迎光临，欢迎光临！

“咦，修二，你今天怎么会在这儿？”

“我在这儿碍你事了吗？你这乡巴佬。”

“谁是乡巴佬？”

“修二！不好意思，昨天问你借的英文笔记忘记还了，给。”

“我以为你不还了呢。我还在想，难道这就是传说中恶名远播的‘笔记猎人的必杀绝技’？所谓‘骗来的笔记不计其数……尽管如此成绩却不见起色’，这宣传语还真配你呀！”

“呵呵。你别尽说些不好听的话，我可是每次借了都还你的。”（笑）

但我记得语文笔记也应该一起借给你了……

“你都抄完了？”

“嗯，真是救了我一命。如果没有你，我肯定倒着升级。”

“即使有我在，你估计还是得倒着升级。你不会忘了你的宣传语吧？‘骗来的笔记……’”

“我计着数的好不好？”

“好，那么今天呢？第三堂生物课可是要交生物报告的哦，笔记猎人先生。”

“不会吧？是今天交？……那个……拜托拜托！”

“算了算了，给。我一会儿找你拿。”

正说到一半，突然觉得有人在拉我胳膊。又来客人了吗？欢迎光临！

“修二，你昨天短信发到一半睡着了对吧？我可是一直在等你回短信哦！”

“你是《棒球英豪》① 里的小南啊？”

“什么意思？”

动动脑子自己想！

“我回了呀。是不是电信公司出问题了？”

“真的回了？”

当然是骗你的！

奈美从外套口袋里掏出她那只叮叮当当吊满挂链的手机，然后一脸不悦地开始检查短信。虽然徒劳无功，但还是要谢谢你。一厢情愿地对我死缠烂打的奈美，半夜突然给我发短信让我给她做爱情参谋，实在烦得我够呛。而且她所谓的感情问题很值得怀疑，像是捏造的，暗恋对象怎么看怎么觉得像是我。这种过时的老把戏一眼就能看穿，不过说不定她也是故意的。你暗恋谁那是你的自由，但半夜猛发一堆短信来骚扰别人睡觉可就是另一回事了。用拇指敲敲键盘来代替纸飞机示爱的举动还是趁早住手吧。

“没收到呀。”

---

① 日本漫画，原名《タッチ》，作者安达充。

能收到就怪了！

奈美仿佛听见了我的心声，用她那双大眼睛死瞪着我。

“也许它半道上开了会儿小差，就算是短信偶尔也会想出去溜达溜达的嘛。说不定它这会儿刚喝完两杯酒，正想着，啊，糟了糟了，该出发了，然后跑出酒吧呢。”

不管用。对着一个鼓着腮帮子不肯消气的女生，有必要继续哄她吗？

“好吧好吧，我今天会用衣服夹子夹住眼皮陪你发短信的，绝对不睡着。”

奈美终于露出了笑容，说：“那说定了哦！”

“嗯。”

去死！

就因为这样我才讨厌女生，很多时候开玩笑根本不管用。

包括奈美在内，教室里有近二十个女生，她们身上散发出的廉价香水的味道混合上人的体味，在暖炉的加热下使空气令人作呕。虽然我既不喜欢严寒也不喜欢酷暑，但这些我都能忍受，唯独这种味道我实在忍受不了。

虽然奈美已经得到了想要的结果，但她还是一个劲地喋喋不休，就像个不懂得察言观色的大客户。为了不破坏客人的心情，我一边有一句没一句地应付她，一边朝第四排的座位走去。但遗憾的是，我的座位正被一个看起来毫无前途可言的胖妹霸占着，看来无论用哪种机关枪……不，无论用哪种武器都不太可能赶走她。

当我走近座位的时候，那位超重女佳苗和另一个留着长指甲、还做了美甲彩绘的辣妹美笑同时转向我，笑着打了个招呼。只要把头再往右偏转几厘米就能看到那胖妹的内裤了，当然我一点都没兴趣……欢迎光临。对这种难缠的客人应该用几号方案呢……

“啊呀呀呀呀呀呀呀，我椅子上的是什么东西？看上去又大又重的一坨。”

“什么嘛，你这算什么意思？”

尊敬的客人，就是字面意思。

“哇！开口说话了！居然还是人话！”我继续表演。

“哈哈，修二好过分！”美笑一边跺脚，一边发出一阵尖锐的笑声。

喂喂，你的裙底也快走光了！

这时佳苗开始反击：“让给你就是了嘛。能有机会坐到留着我体温的椅子，你心里明明就在窃喜。”

哈哈，我可以开枪吗？

佳苗故意动了动她那不堪入目的肥腿，从椅子上站起来。这难道不算公然猥亵？谁来安慰我受伤的心灵？

我冲向椅子装出一副安抚它的样子：“椅子呀椅子，太难为你了。我刚才都看到你在浑身颤抖了，真对不起！”

“哇哈哈哈哈，居然还在颤抖，还难为它了，哈哈。”美笑的笑声就像呼啸而过的战斗机，仿佛能撕裂耳膜。

佳苗忍着笑说：“快气炸了！美笑，我们走。”

尊敬的客人，请勿忘记随身物品。

“修二最好玩了……”美笑一边说，一边和明明有点生气却又忍不住想笑的佳苗一起走回了座位。

谢谢光临！但下次光临还请三思。

终于可以一个人清静一会儿了。我把书包扔在桌上，一屁股坐下，然后从外套口袋里掏出手机，调成振动模式，也算遵守一下上课秩序。

啊，头好痛。这群家伙，一大清早就开始吵我，而且椅子还是温温的，真恶心！可恶，什么破香水，怎么这么难闻？！肯定是便宜货，所以才这么难闻。啊……快点上课吧！快上课快上课快上课……

不知道是上帝听到了我的祈祷，还是我的埋怨开始发挥效力，担任本班班主任的中年大叔终于拉开门走进了教室，迟到五分钟是他的惯例。班里的同学纷纷跑回了座位。对于这位一脸倒霉相的中年大叔为何每次总要迟到五分钟，学生之间流传着各种揣测。但因为这样一来上课时间就缩短了，所以大家都没什么怨言，也没有人向其他老师打小报告。

“嗯……江户时代的人民……”

早晨的生活辅导时间结束后，大叔开始上课了，只可惜班里没有一个学生会洗耳恭听。年近半百的大叔就像在对着四十具汽车碰撞测试用的假人发表演说，即使有人呼呼大睡，或者忘记调成振动模式的手机突然铃声大作，他都一概置若罔闻，只是用他那蒙古大草原般宽广的心胸包容着我们。大叔的世界真是能海纳百川啊！

不知从何时起，在这个国度里能够教育孩子的就只剩下警察叔叔了。如果大叔稍微斥责我们两句，即使我们对他拔刀相向，那个决不容许孩子受到一丁点伤害的家长教师联络会①以及一心只想免于责难的教育委员会也会站出来袒护我们。只要大声疾呼“受到了伤害”，那我们无论何时都可以高枕无忧地扮演无辜的受害者。但仅仅是警告了一下学生的大叔却会惨遭诘难，不得不面对“你这样还算是伟大的教育工作者吗”之类的质问。但如果我们胆敢对着警察叔叔拔刀相向，那肯定不由分说就被关进局子里去了。或许正因为此，对我们而言，现在的老师就好比政客，只不过是一个喜欢在我们面前唠唠叨叨、喋喋不休的家伙罢了。

说起来，大叔初执教鞭的时候，可能做梦都不会想到自己有一天竟会落得讲课时被人无视的下场吧。那时的他应该是一个头发浓密、两眼有神、对教育事业充满无限热忱的年轻人。然而现实总是残酷

① PTA，由家长和教师组成的维护儿童及青少年权益的组织。

的，大叔的热忱在一天天逝去的教师生涯中被逐渐消磨殆尽，终于有一天他的信念大旗也轰然倒塌。他只能把过去旗帜飘飘的美好时光封存进记忆的相册，然后慢慢消磨剩余的教师生涯。

“到底从什么时候开始变成这样的呢……算了，现在想这种事情也没用。都已经这个岁数了，也不可能再有勇气和耐心去改变自己的教学方法。反正只要挨过这五十分钟就能领到工资，下班还能去游戏机房玩玩小弹珠。生气也只不过是在浪费体力。头发也就是因为压力太大才掉成这样的吧，所以剩下的这些要好好珍惜才行。更何况如果警告了他们，说不定还会挨揍呢。搞不好这些宝贵的头发也要跟着遭殃……还有二十根……不对不对，二十分钟。怎么可能只剩二十根嘛（笑）。还有二十分钟……还剩二十分钟……”

在给讲台上的男人配上这样一段心理独白之后，我忍不住偷笑起来。

老师，这样就够了。这样做才是正确的。因为我们对您原本就不抱有任何期待。

父母为了求个心安，无论何等无聊的老师给我们上课，都会自觉地向学校交纳高昂的学费，而学校也会不负责任地对我们进行填鸭式教育，以显示他们“正在履行教学职责”。不过换个角度来说，这些教师都可谓是最佳的反面教材，他们每天都在言传身教地告诉我们：“将来千万不要变成这样。”如果是这样，那恐怕没有比这更有效的教学方法了。如果是这样，那么老师，太谢谢您了。您竟然牺牲自己的人生，如此身体力行地来教导我们，我实在对您敬佩万分。

拿大叔寻开心寻腻了之后，我决定开始数前排女生又粗又长的麻花辫上一共有多少个圈圈，这是我最近自得其乐的新项目。前一阵子我喜欢观察那个坐在另一组前排、总喜欢半张着嘴的男生，数他闭上嘴巴的次数。小学时的班主任曾经教导我们，“从一成不变的日常生活里发现一些小小的乐趣是非常重要的”，如今我仍然在实践着老师的名言，并以此作为上课的乐趣。坦白说，如果连这些乐趣都没有的话，那么日复一日而又一成不变的生活根本不可能忍受下去。报告老师，今天一共有十七个圈圈，比昨天少了一个。

无论你在想些什么，只要扮演好社会赋予你的角色，那么就能太太平平地送走每一天。身为学生的我们应该坐在座位上，而身为老师的大叔则必须站在讲台前。只要谁都看得出这是在上课，那么就天下太平了，而生命中的一天也得以平安度过。所以，重要的只是表面功夫。

第四堂课结束后就是午休时间，我通常都和真理子在二楼化学实验室隔壁那间空无一人的教室一起吃便当。除了化学实验课外，平时那间教室也会用来上别的课。但因为没有教室编号，也说不上是什么课的专用教室，所以大家都很伤脑筋，不知该怎么称呼它。本来我们这些年轻人最拿手的就是把名字简化成绰号，但真要凭空想出个名字来就超出我们能力所及的范围了。

走下楼梯，一拉开教室门，就看到真理子站在我面前。

“你想害我心脏病突发来谋杀我啊？”我故作严肃状。

真理子忍不住笑了出来，双手合十、一脸歉意地说：“抱歉，我正要去洗手间。”

“不是用筷子吃饭吗？”

面对我的歪理，真理子一边用妈妈般的口吻哄我说“饭前要洗手”，一边用力推着我出了门。

走到教室旁的洗手池边，我故意用力拧开水龙头，冰冷的水珠一头撞在水槽上，蹦蹦跳跳着四处飞溅，在我那条灰色的长裤上留下许多黑黑的圆点。

“啊！”我装出一副手忙脚乱的样子，赶紧关上了水龙头。

“就说你开得太大了嘛。”真理子边侧身躲开水珠边笑道。

“这个破水龙头！看你再逞威风！”

看着无辜的水龙头被我反咬一口，真理子又笑了起来。她安静地打开水龙头，把手伸到水龙头底下。

香皂被装在一只八成是用来装橘子的红色网兜里，垂在水池边。我们俩分别抹上香皂后，再次将手伸向那无论何时总是冰冷无比的水柱。四只干干净净的手就这样诞生了。因为没带擦手的东西，我正要在裤子上抹干双手时，真理子一边露出一副“拿你没辙”的表情，一边把她刚擦完手的手帕递到我面前。那是一条可爱的黄色格子手帕。

“已经干了。能穿！能擦！能脱！口袋里还能放小东西！看我的多功能长裤！”我装傻拒绝了真理子的好意，大声呼喊着走回了教室。

一张桌子、两张椅子，够简练。

真理子先从书包旁的无印良品纸袋中取出一只大便当盒放在桌上，然后再把手伸进书包里摸出一只体积小了一半的小便当盒，也放到桌上。为了不弄脏刚洗干净的手，我故意像一个即将走入手术室的外科医生一样，举着双手在一旁等着。真理子注意到了我的动作，轻轻地笑着问：“要主刀吗？”我明明没有出汗，却故意叫了声“汗”，还做出用手擦拭额头的动作，然后猛然装出一副很为难的样子说：“啊！手弄脏了！”真理子又笑了起来。

这种无聊的游戏大凡只有高中生才会觉得有趣，充其量只是种低级娱乐。不过即便如此，如果每天一直重复也足以将两个人拴在一起了。所谓幽默并不是自然产生无偿奉送的，而是赢得人气和爱的手段。

“我——开——动——啦！”

“别客气。”

打开半透明的盒盖，映入眼帘的是和往常一样营养均衡的饭菜。高二女生做的便当通常都只重外表无视营养，至于没有用冷冻食品，而是自己亲手制作的菜肴更是让人难以评价。但真理子做的便当既没有花哨的颜色，也不会在炸鸡块上插着五颜六色的牙签，至于“章鱼烤肠[1]”之类的，那更是想都别想。不知道是因为真理子是个居家型的女生，还是她在为我的健康着想，抑或是这便当其实是她妈妈做的……总之，便当里装的总是一些胡萝卜炒牛蒡啦、烫菠菜啦，或者羊栖菜之类的东西。

由于教学楼构造上的原因，阳光很难照进这间教室。我们俩总是关着灯，面对面坐在刚好能吹到暖气，但又冷暖适中的位置上，静静地享受这段午餐时光。

班里的女生多半都喜欢用那种看上去颇为愚蠢的小叉子吃饭，但真理子每次都会用筷子。这家伙身上总是散发出一种不同于其他女生的特殊的气质。从未染过的长长的黑发，也许化着淡妆却看不出一丝痕迹的脸庞……虽然年纪轻轻，却给人沉稳的感觉。而且她也并没有因此疏远班里的同学，或者缺少朋友。真是个奇怪的女生。

“今天的羊栖菜很好吃。”

“真的？”真理子并不显得惊喜，只是嘴角微微上扬着回了一句。

“虽然有点黑，不过味道不错。”我说着又往嘴里塞了一大口。

“你不喜欢黑色的东西？”真理子用她那双漂亮的黑眼睛看着我。

“嗯……相比之下，我还是更喜欢皮肤白的女孩子。”

---

① 由日本美食专家尚道子发明的菜肴，先将法式香肠下半部切成条状，放在火上煎烤后会自然分开，呈章鱼状。

“我又没问你这个。”

“真理子刚好六十分！”

“又来了……”

由真理子为我做便当的生活也快将近三个月了。最初我和她的关系只不过是发发短信而已，但不知从何时起竟发展到了一起吃午饭的程度。原本我因为喜欢学生食堂的面包，所以每天中午都特意买来吃。但真理子可能误以为我是个可怜的孩子，妈妈不会给我做便当，所以有一天，她突然问我：“要不要分给你一点？”也就是从那天起，分给我一点的便当逐渐变成了一份同样大小的东西，然后又茁壮成长为现在这份刚好够一个男生填饱肚子的大家伙。无论如何，这替我省下了午餐费，还是很值得感激的。不过这并不表示我喜欢真理子。除了替我准备午餐之外，她和班里的其他同学一样，都只是我“变身秀”的客人。这家伙也不知道我只是披着一层外衣在故意耍宝。她还是个单纯的孩子，根本不知道奥特曼的外衣下面其实只是一个满身臭汗的中年大叔。

这种距离感让我很舒服。太远容易寂寞，太近则会厌烦。只要适当地逗她开心，就既不会引起风波，也不会被人讨厌。相反这样做还能赢得好感，同时也会得到不少好处。那些嚷嚷着自己和别人合不来，然后封闭在自我世界里的人，实在太软弱了。难道因为前面有障碍物就得换跑道吗？其实只要漂漂亮亮地闪过去就没有问题了。谎话连篇也好，信口开河也好，什么样的手段都无所谓。反正人难免一死，死后也就成了一堆灰烬，又不会单独留下一截舌头。

那些草草扒完午饭的人似乎已经在操场上玩开了。外面天寒地冻，而且还在饭后玩耍……同志们，请尊重一下自己的肠胃吧！

午休时间有足足四十分钟，我一边暗自愤青了一把，一边和真理子一起悠闲地享受午休时光。

真理子用筷子的方法正确到我无法企及的地步，她夹起装在银色锡纸里的煮豆子吃了起来。无论是手势还是咀嚼的方法，都显得很有教养。我下意识地看着她吃，不经意间碰上了她的目光。

"怎么了？"她问。

对于这类问题，即使真的没什么我也不会选择"没什么"这种白痴回答，那只会让对方重复相同的问题。而我的原则之一就是，绝不让对话就此中断。

"我只是在想，你吃豆子的样子还真是优雅。"我回答说。

真理子笑了："在胡说什么嘛。"

"对筷子的用法，你接受过特别的训练？"我边问边笨拙地把筷子一张一合，弄得嗒嗒作响。

"嗯……训练倒也算不上……"

"人家也被训练过呀，可就是没戏。我这个人做什么都没前途。铅笔也拿不好……又不会做饭……连化妆都一塌糊涂……"我装出一副眼泪滚到眼眶边的样子，学着女声哭诉起来。

真理子被我逗乐了，笑着安慰我："就算从现在开始也不迟呀。"

我继续细声细气地扮女生："太晚啦！因为你什么都会所以才这样说！真不公平，看你的腿多漂亮！反正我小腿上的毛又粗又长，连大腿上都长了一大片！"

能聊的话题意想不到地多。那些正儿八经的人一心把聊天当回事，拼命想要填补空白，结果往往适得其反，造成尴尬的沉默。反之，如果你抱着船到桥头自然直的心态，想着对面的家伙反正和自己没关系，那么身体里多余的僵硬反而会荡然无存，话也就自然而然地前仆后继着跑出来了。

今天的四十分钟也过得非常充实。上课铃响的时候，我和真理子有说有笑地走回了教室。

"今天上哪儿？"我们走在离学校有段距离的闹市区，堀内问道。

"桌球！"森川大声提议，但马上遭我否决。

"上次不是才去过吗？"

"我不服气！我的技术才没那么差呢，说什么也要雪耻！"

森川无论做什么，水平都在常人之下，但唯独难能可贵的是他从来不会丧失信心。

"开球都能把白球漂亮地打进袋子里的人，还敢说什么雪耻！"

听我这么一说，大家脑海中立马浮现出了那奇妙的一幕。

“哈哈哈哈，那一球还真不可思议！要打进去反而不太容易了。”

“其实我是故意的，想逗大家开心。”

“那到底去哪儿？”

“真不去打桌球？”

“去 K 歌怎么样？”

放学后有空的时候，我基本都和班里的男生一起出去玩。有时也会和真理子一起回家，但因为我们俩并没有在交往，所以顺路一起回去也只是偶尔为之。在一起出去疯的人里，很会调动气氛的堀内和总是扮演丑角、搞笑的森川以及我是三个固定成员，每次还会另有一两人即兴参加。简而言之，我、森川还有堀内总是同进同出，也就是所谓的“死党”。一起出去玩，或者说在一起度过大量的时间，总会让人产生错觉，误以为相互之间原本脆弱的牵绊会逐渐变得牢固起来。我正是巧妙地利用了这种错觉，让自己在空虚中打发大把的时间，并借此暂时忘却那怎么也挥之不去的绝对的孤独。

我们三人组，加上翘了棒球兴趣小组训练的逃犯小岛，一起走进了一幢涂着几个大字的白色建筑物里。这栋楼是附近年轻人聚集的场所，一楼是电子游戏厅，二楼是卡拉 OK。但通往二楼的楼梯在一楼最里面，要上二楼就必须穿过比菜市场还吵的游戏厅，这对讨厌电玩的我来说，真是又郁闷又麻烦。当自动门在我面前打开的瞬间，游戏厅里独有的喧嚣声毫不犹豫地向我的耳膜袭来。

我们在薄薄的香烟烟雾中拖着脚步，慢慢走向最里面的楼梯。一个看上去一脸凶相的男人正在一台最新的格斗类游戏机前，叼着香烟，两手飞快地按动按钮。这种经常出入游戏机房的家伙，其双手移动速度之快实在让人有点恶心。但更恶心的是，有些明明长得不怎么样的男人居然还喜欢在游戏里选一个可爱的美眉，然后满脸媚相地盯着屏幕。

在电视游戏区里，一些游手好闲的家伙一坨一坨地挤在屏幕前。穿过这儿就是拍大头贴的地方，只听到一个个小隔间里接二连三地传出女生尖锐的笑声。不久之前还能看到机器前的帘子下露出一堆光光的小腿，现在都被弄成了一个个狭窄的小隔间，那里面就成了叽叽喳喳的女生世界，她们一定又在暗自较劲，拼命想着怎样才能既不过分抢镜头，又能把自己照得最可爱。说起来，以前还听人说过，有些女生觉得自己的脸从某个特定角度看比较漂亮，于是每回拍大头贴都一定会从那个角度去照。真是无意义的白费劲。别忘了，你生活的世界可是三维的！

正在我胡思乱想的时候，一个小隔间的帘子被掀了起来，美笑和佳苗从里面走了出来。在我看到她们的同时她们也看到了我。这真是个不巧的巧合。

“修二！”美笑故作惊喜地把声音提高了八度，我们一行人停住了脚步。

“啊，前川美笑。真巧啊！”只要一见到稍微有那么点可爱的女生，森川就开始丧失判断力。在我作出反应之前，他已经抢先打了招呼。

“啊，森川也在啊。去唱歌？”

“对，要不要一起？”

森川这个白痴！

“好啊好啊——”最近刚烫了头发的佳苗探出身子，欢呼雀跃着表示同意。于是，美笑也作为“优惠套餐”一起跟着来了。在这个时代，好像无论什么都流行套装。既然如此，不如顺便也学学铺天盖地的邮购业务，帮我们把卡拉OK的钱一并付了吧？

托森川的福，这下又多了两个女生。我们一群人像串螃蟹似的爬上楼梯，朝二楼走去。

在上楼的时候，美笑对我说：“好像好久没有一起玩了，不是吗？”我笑着回答“是呀”，但同时也不忘在心里加上一句：“只不过我是故意‘好久’不跟你玩的。”自封为“超级冲锋队长”的堀内，一进包厢就抓起遥控器一个劲地点歌。福山雅治的快歌随即响彻整个包厢，我的耳朵顿时丧失了正常的听觉。不知是谁打开了聚光灯，堀内的身影出现在灯光下。按照惯例，他在唱歌前总要先来一段模仿秀。

“大家好，我似福三雅自……”

够了够了，根本不像！

我一边拍着手一边把目光落向那本密密麻麻、看起来颇为费劲的点歌本。身边的家伙们开始上演遥控器争夺战。

堀内边唱边把头发甩得乱七八糟，其狂热程度简直像要把话筒一口吞下去似的。啊……笨蛋！嘴别靠那么近，口水会把话筒打湿的！

多少怀着些对堀内的怨恨，我狠狠地按下了点歌号码。堀内开始投入地演绎第二段高潮，我一边嘲笑他一边把遥控器递给小岛。

终于，堀内似乎快不行了，嘴里不停地发出急促的喘气声。他拖完最后一个音符后高喊了一声“耶”，心满意足地回到座位上。

辛苦辛苦。

就在掌声还没平息的时候，第二首歌开始了。十七年来从没谈过恋爱的森川一把抢过话筒。

“第三十八号，天体观测！”对自己的嗓子颇有自信的森川大喊着开场白行了个礼。然后，他装出一副遥望远方的样子凝视着座位的方向，曲调和表情差了十万八千里。大家一阵爆笑后，继续研究点歌本。森川配合着旋律，竖起小指捏着沾满堀内口水的话筒。

喂喂，森川！难道你要用那只沾满堀内细菌的话筒唱吗？等……等等……森川！

惨遭传染但平安无事的森川结束一曲后，美笑也毫不畏惧地拿着那只话筒唱了起来。在一边为她喝彩的森川就像在公司旅游餐会上围着年轻小姐转的糟老头，那色迷迷的眼神就跟那些变态的董事没啥两样。跟先前的两人不同，美笑唱得平平常常，既不耍宝也不做作。只不过那声音、那眼神、那唱腔……那是只有知道自己很可爱的女生才会采取的策略。除我以外的男生都尽数落入了她的圈套，露出一副惊艳的表情。

接着小岛唱完一曲后，音响里传出我选的歌的前奏。

“噢！修二的歌！”

启动。

“是人家点的歌！不过今天正好姨妈来了，也不知道唱不唱得好。”

我捂着小腹，扭扭捏捏地走上台。大家一边笑一边学着女人的声音冲我大叫“加油”。我拿起两只话筒中没人用过的那只，气势十足地高歌起来。

就从我唱歌那会儿起，大家突然莫名其妙地开始频频更换座位。等我回过神的时候，邻座佳苗的一身肥肉已经粘上了我的裤子。我当下决定去洗手间。包厢外的走廊上还是能隐约听到从房间里传出的吵闹声……头好痛，果然不能跟这帮年轻人混在一起。

这群完全无视我的存在、只顾自己过瘾的家伙，在唱满整整三个小时后，开始提议到常去的那家餐厅吃晚饭。两个女生好像和朋友有约，所以先走一步，结果就只剩下四个大男人去听餐厅服务员的热情招呼：“欢迎光临，请问是四位吗？”

真是场廉价而不温不火的游戏。

“堀内，你女朋友还是不肯让你上垒？”森川一边用刀切开浇着特制酱汁的汉堡肉排，一边问道。

“唉，真是超级顽固。上次她说爸妈不在家让我去玩，去了以后本想逼她就范，可结果还是被拒了，还被扇了一巴掌。真搞不懂，都说爸妈不在家了还这样，怎么会有这种事？”

“真扫兴！”森川说着夸张地向后仰了一下。当他身体再次坐正的时候，蓬松的头发还在惹人生厌地前后摇晃。

“让您久等了。”

我点的菲力牛排加大号米饭终于姗姗来迟。我耐心地等着上菜的可爱美眉说完那堆“铁板很热，小心烫手”之类的废话后，微笑着说了声“谢谢”。

“呃……我忍不住了，已经有点出来了。”堀内低头看着自己的下身，露出一副落寞的表情。

“少来，真恶心。”我笑着训斥他，同时把刀扎入那块还在铁板上嗞嗞作响的牛排。

“那还真不是一般的受打击。她不会对你没意思吧？都已经交往了四个月了还不肯……真有点奇怪，对吧？”小岛用勺子刮去法式奶酪焗土豆粘在盘子边上烤焦的部分，询问坐在身旁的我。

“嗯，一般来说都会同意的吧。是不是你这家伙有什么‘缺陷’？”我把问题扔给堀内后，叉起一块牛排塞进嘴里。

“不会吧？比如说？”堀内皱起五官看着我。

稍等稍等。这肉比我想的要硬。

“嗯……你是不是有狐臭？”

“对对对！”

“我才没呢！”

“那么……鼻毛太长露出来了？”（笑）

“有道理！”（笑）

“去死！”（笑）

像这种“我→森川→堀内”式的对话在班里很有销路。对于性以及相关的话题，高二学生的想法和初中生不同，因为多少具备了一些这方面的知识或经验，所以谈论起来总显得很沉稳，但本质其实没什么两样，说白了就是“好色”。男人不管到多大年纪，也不管经过多少历练，好色的本性雷打不动。先是呱呱坠地，接着对“性”觉醒，而后在好色的本性中等着咽下最后一口气。

“那现在就只剩你和森川还是处男了，不知道先‘脱贫’的会是谁呢？”小岛模仿着益智博彩类节目主持人那不怀好意的口吻刺激堀内。

“森川铁定没戏，连赔率都不用算。”

“至少算一下吧！”（笑）

“好吧，姑且算着。”（笑）

果然还是这种三重唱的节拍最完美。

对我们来说，是不是处男就像军队里的士兵能不能拿到勋章一样，有还是没有简直是天壤之别。当然，打倒的敌人越强（征服的女生越可爱），勋章也就越大，越是让人羡慕。事实上，对这个年纪的男生来说，性行为本身就具有绝对的意义，至于对象是谁根本不重要。所谓的“因为喜欢所以才做”，那更是望尘莫及的另一层境界了。我们想要的只是一枚勋章，一枚比别人更大的勋章。

“不过如果反正要做的话，我还是想和可爱的女孩子做……你就好了，有真理子……”

我因为高一的时候成功“征服”了令众多男生垂涎三尺、身集高额赏金的真理子而被视为英雄，并为此赢得一枚闪闪发光且镶有宝石无数的超级无敌大勋章。

我对着一脸艳羡的森川笑着作揖道：“承让承让。”

“我一年级的时候可是盯了她好久，像那种乖女孩最合我胃口。”

“说起来，真理子在床上也那么乖吗？”

“这个……我光顾着自己爽了，没怎么注意她。”

“哈哈，你不至于吧。”

“超音速腰部运动！”

“哈哈哈哈！”

虽说“没在交往”这种理由未免有些过时，但事实上我和真理子之间根本什么都没有发生过。英雄这种东西，有时候是周围的人误捧出来的。像恋人般共进午餐的事实，似乎足以让年级里的人都以为我们俩在交往。再加上我过于沉着的态度，大家也就理所当然地以为我们已经发生了关系，而把我当作大英雄。因为这种感觉倒也不错，所以我决定暂时留下这枚误颁的勋章，姑且让它在我胸口继续闪上一阵子。如果我把这惊天大秘密从实招出来，那别说什么大勋章了，我就只能和没有勋章的堀内还有森川沦为一丘之貉，只是个连士兵都算不上的处男罢了。

有魅力的人要想保持形象就必须遵守一定的游戏规则。美女不可以放屁，打架专业户绝不会打输，优等生考试不能不及格，酷哥不会踩到狗屎。而我作为本高中所有男生的偶像，当然也不能没有性经验。只不过，这些规则只有在别人在场的时候才需遵守，即使美女在四下无人的时候放了个屁，打架专业户在别无他人的厕所里被痛扁一顿，优等生在模拟考时考得一塌糊涂，酷哥在没人看见的时候踩上一大坨狗屎，这些通通都没关系。更何况做爱又不是公开行为，谁都不可能找出证据证明一个人没有性经验。就算我说自己没做过，别人也只会拍着我的肩膀回答“少来了”。

无论多受欢迎的人，都一定会有缺陷。一个人从头到脚不可能都是完美的。能否巧妙地隐藏自己的缺陷，就是受欢迎的人和普通人的区别所在。

第二章

震撼登场

十一月的脾气还真够倔的。虽然十二月一直在它身后催着换人，拼命想把它挤出场去，可十一月就是死赖着不走。

我们仍然在懒洋洋地过着一成不变的生活，但这种懒散的态度多多少少有着一些时代原因。年轻人总是一个时代最忠实的反应者。

就在这十一月快走到尽头的某一天早晨，要来转校生的消息在学校里传了开来。虽然我对此不怎么在意，冷静地提醒大家，“高中不会有转校生，估计是复读生”。但由于新来的学生可喜可贺地将被分入本班，因而班上的同学对他的期待也开始无限制地膨胀起来。

“今天好像已经来学校报到了，听说早上的生活辅导时间就会来班里。”自称“超级冲锋队长”的堀内兴奋地宣布。无论什么事，他总是首当其冲地为大家搞来点小道消息，只可惜像这样有用的消息还真是难得一见。

“不知道可不可爱……”森川已经一厢情愿地把人家认定为女生了。

“是女的？”我问堀内，得到的回答却是：“看起来不像人妖”。

“可爱不？”森川露出一脸三魂掉了两魂的蠢样。

我看着他叹息道："我说你啊，你以为这世上有多少可爱的女生？突然转来个超级可爱的复读生，而且还是转到我们班，这概率估计跟旁边商店街抽奖摸出个红球一样低。"

我说着，用食指戳了一下森川的额头。

"那可真够低的。因为那儿的抽奖箱里根本就没红球。我老妈不就是负责那个的吗？她说她早把红球拿掉了。还记得我们家进门的地方有个放钥匙的东西吗？红球就在那里面。"

得知这一惊人内幕后，堀内猛地挺直了身子："开什么玩笑！我老妈说一定要抽个特等奖，中台冰箱回家的，一天到晚去边上的超市买东西存抽奖券。"

"根本不可能中的，还是节哀顺变吧。"森川笑着做了个双手合十的动作。

"混蛋！快还我妈的青春来！"堀内说着从椅子上跳了起来，双手掐住森川的脖子。

"呃……你就当没这回事嘛。我们怎么能剥夺一个主妇小小的梦想呢？再说如果穿帮了，我妈也会挨骂的嘛，对吧？"森川即使被人掐着脖子，也还不忘为自己老妈申辩。

我决定站在森川一边："就是嘛，堀内。里面肯定有红球！让你妈别放弃梦想啊！一定会中台大冰箱的！"

"怎么可能会中？！"（笑）

要想证明一群人感情很好，这种无聊而又没营养的对话是最简单也最有效的方法。“笑”往往会让人产生错觉，看似开心的时光如果能延续下去，相互间的感觉就会在无意中转变为喜欢，而那些一起开心的朋友也就会逐渐变成所谓的死党。接下去你只需在他遇到困难的时候稍稍伸伸手就功德圆满了。既无需弄脏自己的双手把他从危机中拯救出来，也不必陪着他一起烦恼流泪。像这样，轻轻松松简简单单就有了一群“速成死党”。总之，高中三年暂且是不会寂寞了，还可以在周围人的赞扬和喜爱中安安稳稳地度过。

“修二，修二！”奈美一脸兴奋地冲我们仨跑了过来。绝对是关于复读生的事！

“听说今天会有转校生来，你们知道吗？”

正中靶心！

奈美一屁股坐在我桌上，身上的香水味迅速在我们三个男人间散发开来，空气里顿时弥漫着女生的味道。

真难闻。好吧，既然如此不如一起玩玩吧。森川，接球！

“真的？转来我们班？”我边说边对森川使眼色。

好一会儿，他终于领悟到我的用意，奸笑着重复刚才的台词：“不知道可不可爱……”

我也继续演戏：“我说你啊，你以为这世上有多少可爱的女生？突然转来个可爱的复读生……”

堀内终于忍不住笑了出来，森川也跟着笑了，奈美则在一边一脸不解。

“对不起，对不起，我们都知道了。对了，是男是女？”对这次即兴合作颇为满意的我向奈美发问。

“天知道。你们刚才到底在笑什么啊？！”

“红球！红球！”

“快还我妈的青春来！”

森川和堀内开始嬉闹着爆笑起来。奈美的脸色已经由多云转阴。好机会！我决定顺水推舟把奈美赶回去，于是也加入了爆笑的行列。

“快说啊！这算什么啊！”被冷落在一边的奈美终于发怒了。

好，还差一步！

“一定会中台大冰箱！”

“哇哈哈哈哈哈！”

在我的致命一击下，三个男人一起笑翻了天。奈美扔下一句再贴切不过的“神经病”之后，猛地转身离去，她那超短裙也因此被甩了起来。

“看到了！”坐在另一组前排的森川两眼放出绿光。

“真的？什么颜色？”堀内兴致勃勃地凑过去问。

“淡蓝色，肯定没错！都印在我眼睛里了。”森川的表情就像吃了一顿免费大餐。

我满脸狐疑地问：“看到奈美的内裤犯得着这么开心吗？”

“你这家伙在胡说什么呀？”森川用力睁大他那双眯缝眼瞪着我，“你这混蛋少得意！人家奈美可是很有人气的！又可爱又大胆，连被看到小裤裤都不介意！”

喀啦。

教室门被拉开，大叔走了进来。

“关于奈美小姐的魅力所在，欢迎在下回课间休息时听我继续分解，敬请期待！”森川像放连珠炮似的小声说完这串话后行了个礼，极不雅观地飞跑回了座位。

平时大家即使回到座位后也会接着跟前后左右的人聊天，但今天不知是不是神秘复读生的作用太过强大，所有人都屏气凝神地等着大叔发话。大叔站上讲台后，面对平常绝对享受不到的注目礼显得有些不知所措。他略带紧张地开口说：“嗯……那个……今天呢……有一位复读生来我们学校……抽签决定，他要到我们班来。”

这话说得真让人丧气。被您这么一说，就好像我们班很不走运，抽了个下下签似的。大叔，快打起精神来！

我掏出手机拨了一下坐在门边的真理子的号码。感觉到外套口袋里的振动后，真理子悄悄取出手机看了一眼，然后朝我的方向转过头来。我用手指了指开着的教室门，不出声地用嘴形问她：“看得到吗？”真理子转过身，向右倾了倾身体，想偷窥一下躲在门边的复读生……但突然，她迅速坐直身子僵在那里不动了。出……出什么事了，真理子？

“那么……小谷同学，进来吧。”

就在这当口，神秘的复读生终于登场了。

在四十双眼睛的注视下，一个看起来有点恶心的胖子战战兢兢地走了进来。大得比例失调的脑袋上顶着一头贴在头皮上的香菇，额头上的油脂似乎正在一点点地往外渗，一副只顾性能毫无设计可言的超大型眼镜嵌在脸颊里，那身尺寸似乎偏小的外套和裤子则紧紧绷在身上。至于那张脸，只能说生就这样的相貌实在是太让人遗憾了。这简直就是一个只有画里才会有的丑男。

天哪！

教室里的人都只有一种感觉：大家翘首以盼的期待，就像玻璃一样咔嚓一声龟裂着破碎了，或者说在炸弹中灰飞烟灭也许更恰当一些。什么可爱美眉？根本就是另一个极端！面对如此震撼的登场，所有人都不禁哑然失语。这实在太具有冲击力了。你根本无法将他归类成普通的胖子。这个名叫小谷的男生，就像一个第一次偷东西的主妇，神情紧张、举止可疑地走上讲台，然后从鼻子里喘出一口粗气。

报告上校，怪物出现了，要开火吗？

“好……小谷同学，简单做一下自我介绍，先在这里写一下名字吧。”大叔指着黑板，递给他一支粉笔。

小谷接过粉笔转向黑板后，右手在空中无意义地晃来晃去，好像在犹豫着该写什么。

不行，不行，憋不住了，好想笑。写你自己的名字呀！

小谷好像听到了我无声的提示，开始在黑板上写起“小”字。随着白色的线条出现在墨绿色的黑板上，些许白色粉末哧啦啦落下，他的名字也终于被一笔一画地拼凑出来。写完后，小谷也不放下粉笔，直接转过身对着我们。

黑板上留下了“小谷信太”四个字。KO……TANI……NOBU……TA？NOBUTA？野猪[①]？等等……野猪！（笑）

“我叫 KOTANI SHINTA。以后请多关照。”

唉，真无趣，原来读成 SHINTA。真是个彻彻底底让人失望的家伙。这位先后两次让我期待落空的小谷信太同学，把粉笔还给大叔后，开始在左手手掌上来回摩擦手指，想弄掉沾在手上的粉笔灰。但他的眼睛却很不安分，一会儿斜视上方，一会儿盯着第一排同学的脚边，不知在看些什么。虽然看他的样子就知道他很紧张，但还是忍不住浑身起鸡皮疙瘩。

“那座位的话……新课桌还没搬来，真麻烦……那个，桐谷后面现在没人吧？那是谁来着？……对了对了，是渡边的位子。反正他还在住院，最近应该不会来上课。你不如就先暂时坐那儿吧。”

我还真是中头奖了……

小谷信太遵照大叔的指示下了讲台，朝我身后的座位走来。由于大家都喜欢把书包挂在桌边或者直接扔在地上，这使得课桌之间原本

① 日语中“野”读作 NO，“猪”写成“豚”，读作 BUTA，恰好和“信太”二字的另一种读法谐音。

就很窄的过道显得更加逼仄。小谷不得不一边侧身前进，一边对那些挪开书包给他让路的同学重复着“不好意思”。终于在平安抵达渡边的座位后，他坐了下来，在我身后又发出一声沉重的喘息。

机器人啊你?！

“那以后大家要好好相处啊。”大叔突然吐出一句莫名其妙的结束语后，像往常一样从包里拿出教科书，也不等班里的骚动平息下去，就开始了小谷进入本班后的第一堂课。

“那接下去大家把书翻到一百二十一页。”

从某种意义上来说，大家第一节课都显得特别专心。下课铃响之后进入十分钟的课间休息。我走到教室前方角落里的暖炉旁，顺手拉过一把椅子，一屁股坐下来，然后把手靠近炉子取暖。每到冬天，这个暖炉就特别受欢迎，一下课，边上总会围着一大群人。天气冷当然是原因之一，但难免会有人带着些不可告人的目的。比如有些颇有心机的家伙，看到自己暗恋的人也正好坐在炉子边聊天就会加入其中，这样一来就可以极其自然地与其攀谈。说起来，高中生就是在一些稀奇古怪的地方脑筋转得特别快。今天，包括我在内，暖炉边围上了七八个人，只不过所有人的脸都没有朝着炉子。班里的人都在瞄着小谷的方向，颇有些“此时不看，更待何时”的味道。

无论哪儿的转校生或复读生，第一个课间休息的时候都只能乖乖坐在座位上。既找不到人聊天，也没有熟悉的地方可去，只能依靠收拾上节课的东西来打发时间。然后一边在心里祈祷着有人主动和他搭讪，一边苦苦忍受其他班级前来看热闹的家伙的视线。小谷同学当然也遵循着这样的规则。他慢慢折好第一节日本历史课的讲义，把它塞进那只不知哪个牌子的旧书包，然后把手放到桌上，像漫画《七龙珠》里正在为元气弹积蓄能量的悟空一般，对着我们这些从今天起成为同班同学的家伙潜心祈祷："各位同学，拜托拜托，快来和我说话吧！"但不知是修行不够还是心有杂念，小谷的祈祷迟迟没有应验。就在离他不远的地方，有一群女生正聚在一起皱着眉头偷偷看着他。她们甚至用小谷都能听见的声音毫不掩饰地说"真恶心"，对他表现出一种露骨的厌恶。

对于从生理上无法接受的男人，女人总会显得格外残酷，其程度就好比对着萍水相逢的人拔刀相向的武士。在这太平盛世之下居然还游荡着这种杀人不眨眼的家伙，一想到这里，那些长得有些对不起观众的男人八成就只能心惊胆战地度日了，不知道那把刀哪天就会落到自己头上。

成群结队地挤在走廊里看热闹的人也不时发出一阵偷笑。就好像一只新搬进上野动物园的珍稀动物，完全超出了人们的预期，但从某种意义上来说又确实很珍稀一样。如今，小谷同学的档案上已经被清晰地盖上了"恶心"二字。

"还真是……视觉冲击啊！"在暖炉上搓着手的堀内突然扔出这

么一句话。

“嗯，我还是第一次光看着别人就觉得很可怜。”其实我自己根本没什么感觉，只不过不管三七二十一先把话接下去再说。

“哇，太恶心了，太恶心了！我绝对没法和那种人在一起！绝对不成！”奈美显出一副打从心底厌恶的表情，从小谷身上移开视线。

你知道吗？我也没法和你这种人在一起。

我这么想着，给了奈美一个微笑。

“我也不行。那家伙从刚进教室的时候起就在出汗，你们看到没？”

“看到了，看到了，而且他还一直都畏畏缩缩的。”

奈美右边的两个女生也插了进来。

“哪头猪说是女的？”满心期待的森川似乎真的生气了。

“不过好像有点内八，说不定真是女的哦。”

被我这么一说，大家都转头看着小谷肥嘟嘟的胖脚。没错，脚尖确实朝向内侧。

“真的啊！”（笑）

大家都尽量忍着不笑出声，但我知道这时所有人的表情、声音和心灵都正在逐渐变成浑浊的灰色。也许其中多少有着些暖炉的作用，我们对小谷的冷嘲热讽开始逐步升级，音量也慢慢加大到他本人都几乎能听见的地步。不过大家似乎不以为意。欺负人这种事，只要参与的人越多就越分不清是非黑白，欺负者也会在这个过程中变得变本加厉，或者说麻木不仁。

“吃什么才能吃成那样呀？”

“难不成他家的房子都是用点心做的？”

“那也就是说他把自己家都给吃了？”（笑）

“哈哈哈！”

“快看他外套上的扣子。快掉了，快掉了！”

“那颗扣子肯定在叫，痛痛痛好痛！”

（笑）“还有啊，他好像没脖子。”

“不是在家里吧？！”

“家里？原来是忘在家里了啊！”（笑）

我们一伙人再次忍着声音笑成一团。同样是人，但十七岁的我们却可以将他戏谑到如此地步。我们甚至都没有意识到暖炉已经把裤子里的大腿加热到发烫的程度，只顾着用各种言辞嘲讽小谷。我们究竟是何等残酷的一群人，同时又是何等享受地沉浸在自身的优越感中。

结果直到第四节课结束，都没有出现敢于上前和小谷说话的“见义勇为的年轻人”。无论他如何祈祷都只是惨遭无视，看来元气弹是放不出来了。虽然我很好奇小谷会在哪儿吃午饭、那便当的量又会有多大，但终究抵不住咕咕叫的肚子，还是和往常一样去了那间教室。真理子几乎每次都会比我先到，开好暖炉然后等我来。但今天似乎是个例外。不知怎么搞的，我突然有点失望，一阵寂寞袭上心头。我马上意识到了自己的消沉，立刻重新打起精神进入教室，随手关上了门。

教室里还是一如既往地阴暗。由于这间教室有扇小门通往化学实验室，空气中飘散着一股煤气和某种杂质燃烧后发出的味道。估计第四节课的时候又有班级在用煤气灯做实验了。我把书包放到桌上，打开三扇窗户中的一扇给室内换换气。弥漫在空气中的混合型异味立刻被打开的窗户吸了过去，但寒风也随之卷了进来。我继续把剩下的窗都打开，在短短的十几秒内房间里的异味荡然无存，只不过温度也陡然下降。我一边自言自语地叫“好冷”，一边拧了几下暖炉的开关把火点着。就在这时，教室门开了，真理子的身影出现在门口。

“不好意思，迟到了。”

可能是跑着过来的，她的呼吸有些急促。

“我正哭着想去派出所报失踪呢。”

只不过笔录上会写着：“请问有谁看到我的便当吗？”

“对不起，对不起，刚才被小谷拉住了……”

“被那头野猪？”我用两根食指把鼻孔顶成猪的样子。

“什么野猪？你为什么把窗都打开？”真理子指着窗户一脸“好冷”的表情。

唉，解释起来还真麻烦。

“只是想打开看看，你觉得怎么样？”

“什么怎么样？好冷。关起来好吗？”

"靠！难道我室内设计的创意就这么糟吗？！"

我们俩说着一起关上了窗。真理子在老位子上坐下后，我也照例把她对面的椅子反转过来，跨了上去。她似乎还是有点冷，不停地把外套下的毛衣袖子拉长盖住手指，然后两手搓着取暖。

"要不要再挪近点暖炉？"

"不用了，没关系。谢谢。对了，吃便当吧。"真理子像猛然想起什么事似的拍了一下手，从无印良品的纸袋中取出我的便当放到桌上。

等这么久终于来了！

"你刚刚说野猪把你拖住了？"我再次把鼻子拱成猪鼻子状。

每次都这样来一下好像也挺有趣的。

"你说的野猪……是指小谷？……不过信太那两个字，我一开始也读成 NOBUTA（野猪）了。"真理子边从包里拿出自己的便当边笑着说。

"那野猪为什么拖着你？"我打开盒盖，双手合十做出要开动的样子。

"快吃吧……他就是想问问我食堂在哪儿。"

"那你带他去了？"我问道，心里犹豫着该从哪儿下筷。

难道你迟到就是因为这种事？

"嗯。他好像问了好多人，但都没人理他……所以觉得他怪可怜的。"

“你还真够温柔的。换作是我才不理他。你不觉得那家伙会不停地往外吐气？上课的时候在我后面吵死了。”我往嘴里塞进一口土豆炖肉嚼起来，脸上露出厌恶的表情。

好像味道淡了点。

“被你这么一说……好像是有点……”

“你看你看。”

果然味道太淡了。

不久暖炉开始发挥威力，把方才骤然降低的温度猛地拉了上来，房间里再次温暖如春。因为寒冷而略显僵硬的真理子的表情也重新柔和下来，恢复了往日的稳重。

“对了，今天早上生活辅导的时候，你是不是被吓到了？”

“被你发现了啊？……那时候……小谷的脸色真吓人……估计当时他太紧张了。不过我看他的时候他也正好看到我，所以把我吓了一跳……”

“啊，有颗樱桃！”虽然早过了吃樱桃的季节，不过我还是瞥见一颗类似美国樱桃的东西躲在真理子那小便当盒的角落里。我指着它叫出了声。

“啊呀，你便当里的忘记放了。”

“是你故意的吧？！存心想一边欣赏我流口水的样子一边开开心心地独自享用，对不对？真过分！”

真理子被我说得愣住了，紧接着笑道：“给你就是了。（笑）来。”她用手指捏着樱桃梗把它提了起来。

“啊……”我也张开大嘴迎上前去。

就在真理子把樱桃放进我嘴里的时候，教室门突然被拉开了。

亲眼目睹这一超级甜蜜的粉色时刻的，正是那头野猪！他一手抱着一堆八成是从学校食堂买来的面包，一手放在门把上，半张着嘴僵在原地。别人是“被保姆撞见了”，我们却是“被野猪撞见了”。我耳边似乎响起了周二悬疑剧场的开场音乐。锵锵锵，锵，锵——我和真理子都愣在那儿，一时动弹不得。那三四秒钟，教室里的时间犹如静止了一般。

过了一会儿，野猪像是要融化冻结的时间似的，开始局促不安起来。

这头猪到底在想什么？！

他那条胖得快要撑破裤子的右腿向前跨出一步，迈进了教室。

喂喂，你跨错方向了吧？！

野猪无视我的警告，继续挪动左腿。现在他整个人都已经站在教室里。

进来了！快来人啊！一头迷路的野猪闯进来啦！

野猪的举动完全超出了我的预料，不过却反而激起了我的兴趣。我重新找回平时的状态，脸上挂着浅浅的笑容，从嘴里拔出樱桃梗。被突发事件吓呆了的真理子收回视线看着我。咬下樱桃的瞬间，一股甘甜的味道在嘴里扩散开来。我给了真理子一个天使般的微笑。但真理子好像还没完全回过神来，原先提樱桃的手仍然停在半空。而这一事故的肇事者——那头野猪却一边挠着后脑勺翘起的头发，一边像螃蟹一样一小步一小步地从门口横着挪到了那块贴满年级通知的公告板前，站定下来。

这头猪到底想干吗？

我用舌头转起含在嘴里的樱桃核，然后用一种饶有兴味的表情看着那头迷路的野猪，温柔地问："在找地方吃午饭吧？"

大概因为我是今天第一个主动和他说话的人，野猪的脸上掠过一丝欣喜的神色，毕恭毕敬地回答说："是哈。"

"要过来一起吃吗？"

尚未恢复常态的真理子又遭到我的一拳重击，而我却在独自享受这尴尬的一幕。真理子怎么想无所谓，我可不想轻易放过这么有趣的"事故"。野猪应该认为我和真理子在交往，而他自己却破坏了我们共进午餐的甜蜜时光。还有更糟的是，他自己因为一时糊涂走进教室，错过了全身而退的最好时机，所以这会儿只能束手无策地坐以待毙。而我却在这紧要关头向他抛出了一根意料之外的橄榄枝。

那么野猪，下一步该怎么办呢？

"好，那我就不客气了！"

居然一口答应了！（笑）而且竟然还说什么"不客气"！那头猪不会以为我要把便当也让给他吧？！果然只吃面包填不饱肚子吧？这

家伙真的太有意思了！

野猪晃动着两条肥腿缓缓向我们走来，灰色的长裤如同紧身裤一般裹在腿上。他把书包放在真理子旁边的椅子上，在她前面的座位坐下后，开始将捧着的面包一个挨一个整整齐齐地排在桌上。

不行不行，快笑出来了。犯得着排那么齐吗？根本没意义！

接着他从那只看不出牌子的旧书包里取出一只保温杯，把它放在那队排列整齐的面包后面。看起来用餐准备已经就绪，他轻轻双手合掌，好像在说："小猪要开动了，哼哼。"我看着这整个过程，在心里偷着乐。这时真理子皱着眉头对我使了个眼色。

懂你的意思啦，真麻烦！有什么关系，反正我们也没在交往。你刚才不也说他可怜帮了他一把吗？就今天一天，将就将就吧，真理子。

表情还带着些许紧张的野猪首先挑了只鸡蛋三明治，他撕开外包装，一口气把半只塞进了嘴里。

"小谷，我和你一个班的，认得出吧？"

"哈伊。"野猪睁大双眼看看我，然后一边点头一边给出肯定的回答，那腔调就跟安东尼奥猪木①出场曲中开头的那声嗥叫一模一样。接着，剩下的半只三明治转眼间也消失在他口中，就像变魔术似的。

"你好，我是马场娄男。"我做了自我介绍，对他点头示意。

"嗯？啊……以吾呵鼠尔哇？"

① 日本著名职业摔跤选手。

“你说什么？吞下去以后再说话。”

野猪赶紧拧开保温杯盖，往里倒入像是茶的液体，匆匆忙忙地喝下去。“呼……你不是……叫修二吗？我听班里的人这么叫你。”

切！本来还想用马场婆男来糊弄糊弄你。

我在心里吐了吐舌头。“啊，原来都被你听到啦。算了算了，露馅了。我叫桐谷修二。”我只好自报家门。

“我叫小谷信太哈。以后还请多多关照哈。”野猪说着迅速点点头，算是打招呼。

“现在时兴说话的时候在后面加个‘哈’吗？”我问道。

“啊，习惯了哈，”野猪说着又点点头，然后选了个炒面夹心面包，剥开保鲜膜，“对了，这位是……”

“我姓铃原。”真理子也稍稍点了点头。

“啊，对了……刚才……谢谢你。”野猪停下吃了一半的炒面面包，鼓着腮帮子瞄了真理子一眼，又点了下头算是致谢。他那鼻子也跟着抽动了一下。

真理子简短地回了句“不客气”之后，终于恢复常态，夹起颗豆子放进嘴里。

好像真的有点生气了。不过面带愠色的脸倒也蛮可爱的。

“你从哪儿转来的？”我遵循着和复读生交流的常规，抛出一个最一般的问题。

“嗯……其实也不是很远，以前是在米奈高中读的哈。不过那儿好像不太适合我，所以转到这儿来了哈。”

“哦。”

八成是被人欺负待不下去了吧。不是那儿不适合你，是你自己跟那儿不合！

不知不觉间，炒面面包也消失得无影无踪。野猪开始往嘴里塞第三只豆沙包。这搭配怎么想怎么恶心。

“那你觉得我们班怎么样？”

“这个哈……刚来第一天还不好说哈，不过看起来大家人都不错的样子哈。”

你想装老好人装到什么时候啊？大家明明都嫌弃你嫌弃得不行了。

“你们俩总是在这里一起吃午饭哈？”野猪问。

我正想说“那当然”，广播里突然传出大叔的声音：“请高二（二）班的小谷同学、小谷同学马上到教师办公室来。”

“在叫你。”我用手指指天花板提醒道。

野猪莫名其妙地冒出一句“也不通知一声”，将最后一只蒸烤面包胡乱塞进嘴里，呜哩呜噜地扔下一句完全不知所云的话，背起书包走出了教室。

我和真理子一时都愣住了。

接着我笑起来：“太好玩了，这家伙真有趣！”

真理子却好像总算放心了一般吐出一口气：“吓我一跳。”

“那家伙对你有意思哦，我肯定！”

“啊？为什么？”被我这么一说，真理子连忙反问道。

“从那家伙的眼神里看得出来。”

真理子像是要否定我的话，一脸苦笑地摇了摇头。我笑起来，把便当里仅剩的一棵菠菜扔进嘴里，双手合十说了句“我吃饱了”，然后离开教室向厕所走去。

不知不觉野猪成为我们班的一员已经过去了一个星期。只可惜，除了上回那次“事故”外，主动和他说话的“见义勇为的年轻人”似乎仍然没有出现。

你们就好歹跟他说句话嘛！

虽然我心里也有点为野猪着急，但班里的家伙却完全无视他的存在，依旧生活在过去的小圈子里。即使偶尔在聊天时提起他，也只是继续冷嘲热讽罢了。自从那天之后，就连我也未曾和野猪说过一个字。有时我也会跟着别人起起哄、嘲弄他两句，但那并不是因为我讨厌他，只不过是出于维持自己人气的需要而已。不过说起来，一个转校生或复读生要想成为班里的大众情人，原本概率就很低。野猪大概也只能这样过完他的高中生活了，就像坐在一列没有起伏、稳如直线、速度也不快的云霄飞车上。虽说人生中难免会有些波澜，但高中三年过得浑浑噩噩的人恐怕也并不在少数。

第三章

改造计划

然而，事情的发展却大大出乎我的预料。从第二个星期开始，班里那两个不良少年真中和武山竟然对野猪动起了真格。听堀内说，他们在威胁野猪让他进贡零花钱。想想他还真不走运，最先对自己感兴趣的人竟是为了勒索钱财。日子一天天过去，他们对野猪的威胁也随之升级。每次上课铃响时，出现在教室里的野猪不是嘴角流血，就是校服上污迹斑斑。这样一来，其他人就更不敢和他扯上关系了，甚至连同情他、怜悯他、从心底里不希望自己遭人如此对待的旁观者都没有。所有人都对他视而不见，在短短的一个月里，可怜的野猪就已经在班里彻彻底底地变成了空气。

送走双休日，又到了星期一。不小心感冒的我，翘了早上的生活辅导和第一节课，直到第二节课才来到学校。头痛也就算了，鼻涕像漏水的水龙头一般哗哗往外流，精神恍惚的时候好几次都差点滴下来。都怪昨晚，那么冷的天还被堀内那几个人叫出去，搞什么“森川摆脱处男大作战第五回合”。

森川那家伙突然决定要对三班一个姓长谷川的女生表白，还说什么“如果错过这个时机，那我心中的爱情烈焰就要熄灭了”。结果昨晚，他先让我们等在一个公园里，然后自己直接冲到那女生家里按响门铃，莫名其妙地把人家拖到公园来开始表白。但遗憾的是，或者说意料之中的是，他再次被拒绝了。

森川这个白痴，这种事情以后一个人去做！

所幸的是，那头一天到晚在我背后喷气搞得我心烦意乱的野猪，今天好像没来学校，总算没给我的重感冒雪上加霜。不过这鼻子也太夸张了吧，害得我连喜欢的余兴节目“数麻花辫”都玩不了。再加上各种廉价香水混合在一起的味道还在不停地刺激着我的鼻子，让我直想吐。那位站在讲台上的中年大妈，依旧两眼生辉地赞赏着不知哪位古人吟诵的俳句。

拜托，您就没发现您这是剃头挑子一头热吗？

不行，撑不住了。好像有点发烧了。嗯，果然，肯定有热度。真够烫的。身体也开始发烫。走吧，回家吧。回家老老实实待着去。

“老师。”

已经全然进入忘我之境的大妈，突然像玩“老狼老狼几点了”似的静止不动：“什么事？”

“我鼻子不停出水，想请假回家。”

“鼻子……出水？哦，你是说流鼻涕啊。我有餐巾纸，给你。”大妈说着，把手伸进那条像用旧窗帘扎出来的脏兮兮的粉红色裙子的口袋，掏出一包纸巾，那上面还印着最近电视里大肆宣传的个人贷款广告，一个女孩在上面灿烂地笑着。

“对我们来说，餐巾纸还有其他更重要的用途，非常重要、非常神圣的用途。”我铿锵有力地说出这句话，就听到周围发出一片低低的嬉笑声。

“什么用途？”大妈那两条精心修饰的眉毛不禁扬起半边。

“真的要我说吗？”

她似乎终于领悟到了我的言外之意：“总……总之，不舒服的话……就去医务室好了。”大妈的脸泛起潮红，说话结结巴巴的。

去你个头的医务室！

我抱起书包，向大妈行了个礼走出教室。

您至少也该说声“不用带书包”吧！唉，人只要一旦惊慌失措就会方寸大乱。

我像打了胜仗一般，有些兴奋。但还没在走廊上走出几步，就开始觉得身体有些不对劲。刚才坐着还好好的，可一站起来走两步，体温好像就猛蹿了上来。也许是因为不用在大家面前演戏，精神一下子松懈了。只觉得身上好烫，额头、背上，还有腋下都在不停地出汗。最糟的是，头晕得不行。我不得不中途停下，手扶着墙，闭上眼休息。

果然是重感冒。不行了。妈的，都怪那个死人森川！

正当我颤巍巍地走过男厕所时，隐约听见里面传出一阵哀号。我探头张望了一眼，只见一个看起来不像好人的家伙正双手插在裤袋里，狠狠地训斥着谁，那条斜挂在腰上的裤子好像快要掉下来似的。

那只刺猬头……应该是三班的前田。那么正在挨骂的那个……咦咦？不就是我们班的野猪同学吗？我还以为他无故缺席呢，原来在这里遭罪啊。不过这样说来，其他班的人也开始对他动手了吗？……唉呀呀，连鼻血都出来了。看来没少挨拳头。

想着想着，头又开始痛起来。厕所墙上那些淡蓝色瓷砖之间的分隔线逐渐消失了，慢慢变成了一面光滑的墙壁。

看来绝对是重感冒！回家回家。虽然有点对不起野猪，不过连我自己都快翘辫子了。

我摇摇晃晃地走过男厕所，但这时又听见一声野猪的哀号……

吵死了！不要在那里乱哼哼！

虽然很想见死不救，但我最终还是在二楼楼梯口停下脚步，折回厕所。

可恶！真会挑时候。我还真他妈的好心！

在厕所门口站定后，我开始做上台前的准备。先用手指揉揉太阳穴，硬逼着自己装出一副悠然自得的表情，然后哼着小调走了进去。

听到我自己作曲的小调后，前田面带惊慌地转过头："啊，原来是修二。"他亲切地和我打了个招呼。我强迫自己稳住脚步，走到小便池边，张腿分立，拉下拉链，然后回头笑着对他说："前田，好久不见啊。"这时，野猪正拖着两道鼻血，趴在脏兮兮的瓷砖地板上，用那双泪眼向我猛发求救信号。

烦死了！我自己还要人救呢！

“又在教训人啊？”我用一种事不关己的口吻问道，硬挤出来的小便没落几滴就停了，但我仍然装出一副若无其事的样子。

“是呀，这混蛋在走廊上把我的女人撞伤了。”前田说着瞪了野猪一眼，被瞪的一方立马缩起了脖子。

“你说小雪？她没事吧？”头越来越痛，自己的声音都听起来好遥远。

“膝盖磨破了皮，好像还出血了！”

“唉呀呀，那可够严重的。所以你现在要给他点颜色看看？”为了展示演技，我故意让身体打个冷战，连细节都不放过。

不过仔细想想，头脑简单的前田既然会为那么一丁点小事发火，估计他也不会注意什么细节，再好的演技也没意义。

“一想到这种家伙居然敢碰小雪的身体，我就来气。听到没有，你这混蛋！”前田说着握起拳头就要挥向野猪。

等等，这拳先等等。

“对了！”

被我突然一叫，前田的拳头顿时停在半空。我已经完全分辨不出他脸上的表情，只知道他正看着我。我拉上拉链，继续说：“刚进来的时候，看到两个女生在门口探头探脑的，然后跑开了，估计是去老师那儿告状了。”

“真的？他妈的！哪个班的？”

“应该不是二年级的，完全没见过……我看你还是趁早快溜吧。”

“但这家伙……”

“他是我们班的，我帮你教育好了，叫他以后等走廊上没人了再出去溜达。地板上的血你也别管了，我会编个理由混过去的。这儿就包在我身上了，你快走！”

“这样啊……那麻烦你了，修二！”前田双手合十，拖着那条快要掉下来的裤子，看似艰难地落荒而逃。

目送前田的身影消失在厕所门口，绷紧的弦像一下子割断一般，我摇晃着靠在身后的墙上。

鼓掌，快鼓掌！拜托谁来给我点热烈的掌声吧！

“你……你怎么了哈？！”野猪看着远比他虚弱的我，吃了一惊。

“感冒了，笨蛋！……居然挑这种时候……被人欺负……”头痛愈演愈烈，要不是这儿是厕所，我恐怕早躺下了。

“对了……还要把血擦干净。老师快来了吧？”野猪用手捂着鼻子，挣扎着想要爬起来。

“白痴……不会来的……这种小儿科的谎话一眼就看穿了。那家伙真笨得可以……”我一边看着前田离开的方向一边说。

“呃？你说那是谎话？……呃……那也就是说你是为了救我才……”

不用说得这么夸张吧。你当自己是演员啊！啊，头好晕……

“修二老师！”野猪突然站起来大叫了一声。

我也随之发出一声哀号。

“请……请收我为徒吧！”

“啊？……收你当徒弟？白痴啊你！”我打从心底里这么想。

“求求你！请救救我！”野猪狠命地连鞠了好几个躬。

这家伙，来真的啊！

“刚刚……我不是救过你了嘛……”

“求求你！我想变得和你一样！求求你了！”

野猪的大嗓门不断撼动着我的神经，我不得不抱起头：“知道了，吵死了！我答应你，快闭嘴……”

“真的？真的答应了？说定了哦！”野猪满脸堆笑，又冲我鞠了几躬，然后把厕所的手纸搓成小条塞进鼻子里，扬长而去。

那头死猪……居然就不知道救救我？！

一路上我好几次都差点栽倒，只能倚着墙壁不时休息一会儿。也不知停了多少次，我终于走到了一楼。原本打算随便打辆车直接回家，但身体就是不听使唤，迫于无奈只好决定先去医务室小憩一会儿。

医务室里，那位妆化得像个老妖精的女老师，一看到我就马上跑过来：“你没事吧？”然后扶着奄奄一息、丧失反应能力的我坐下。

够了够了，接下去就交给这位浓妆艳抹的老阿姨吧。

我从喉咙里挤出一句“先让我睡会儿”，就跌跌撞撞地向床走去。但那老阿姨却挡住我的去路："报一下班级、姓名，然后量一下体温。"

死老太婆！都这样了你还不相信我？管他有没有发烧、管他是哪个班的，身体不舒服的家伙就应该让他睡觉！你这妆化得像刷墙似的老妖精！

在量体温的同时，我不断用眼神提醒她"快让我躺下"。当体温计响起哔哔的提示音时，这位顶着张白墙脸的老妖精不禁睁大眼睛看着那显示着三十八度三的证据："烧得好厉害啊。"我真想一把扯下她那长长的假睫毛，只可惜没力气抬手。脱下外套后，我一头倒在床上。就在我迷迷糊糊地想着头好痛的时候，意识逐渐飞到了天外。

醒来时只觉得浑身是汗。衬衣完全贴在了身上，连白色的床单都被汗水浸透了。我觉得有点恶心，当即坐起身。

头好晕，但好像比刚才好点了。

也许是为了给房间换气，旁边的窗户稍稍开了条缝，窗外的嬉闹声也随着钻了进来。我瞄了一眼挂在墙上的钟，正好是午休过半的时间。

两个小时……应该睡着了吧……

医务室里空无一人，只有混在一起的暖炉的嗞嗞声和外面的嘈杂声。

……那浓妆艳抹的老妖精死哪儿去了？病人可要走了！

脚下还是有点轻飘飘的。正当我把外套搭在手上时，手机突然振动起来。我以为是短信，本想置之不理，但振动全然没有停息的迹象。取出手机看了一眼显示屏，是真理子。虽然我还不想和别人说话，但考虑到如果一直不接只会让她更担心，到时候反而打个不停，于是翻开手机，按下深蓝色的通话键。

“喂喂。”

“啊，修二，不好意思，在睡觉吗？”

“嗯……刚起来。”

“现在在家？”

如果说在医务室，她会不会冲过来？

“嗯，在家。”

“你没事吧？”

“什么事？”

都快死翘翘了。

“不是感冒了吗？”

“没事没事，只不过觉得有点累，就回来了。”

“你真的……在家里？”

“啊？我看到门牌上写着‘桐谷’……难道我搞错了？那这是哪儿？到底是谁家啊？”

又开始无聊的游戏。头好痛。必须要静养。

“骗人……明明看到你在这儿。”

“啊？”我抬起头，只见真理子站在走廊上面对开着的门看着我。

完了完了，当场拆穿。

真理子放下握着手机的手，脱鞋走了进来。

这种气氛，不演场好戏不行了。

“为什么要骗我？”真理子抬头盯着我的脸。

真麻烦，这是“女人”特有的眼神，如果只是同班同学绝不会这样看我。眼里夹杂着悲伤，还有闪烁的泪光。不要这样，你是我什么人啊？！

“因为不想让你担心。”

我合上手机，信手拈了个答案。头又开始痛起来，但我仍然装得若无其事。这个回答的言外之意就是“我都是在为你着想”，那女人的眼神似乎有所缓和。

“发烧了吗？”真理子一脸担忧地问。

“有一点。”

所以快放我回家！

几秒钟的沉默笼罩着我们，可惜我完全没有打破它的力气。

“要回去了吗？”

“是啊，这就回去。那我先走了。”我穿上外套，拎起书包，走出医务室。但仍然可以感觉到真理子的视线在背上灼烧。

“修二！”

就在我庆幸总算逃过一劫的时候，又在走廊上被她叫住了。

可恶，又有什么事？！

“你一个人能回去吗？”

“没事，直接打车回家。对了，今天吃不了你的便当，抱歉。”

我还真是细心。

“没关系，路上小心。”

我一脸温柔地向她挥挥手，转身离去。

刚才的演技稍微急了点，失败。最多四十三分。

出租车里的气味让人无法恭维，我看着窗外发呆。由于每天上学时走的是单行道，因此出租车不得不绕到外面的大道上来。路旁的办公楼鳞次栉比，让人不禁觉得这一带似乎也发展起来了。当出租车在十字路口被红灯拦下时，我隐约听到司机发出一声不屑的“切”，八成是在后悔，居然载了个这么点路都要打车的气焰嚣张的高中生。在等红灯的时候，司机大叔拿出一本像是登记本之类的东西写起来。

不会是在抱怨“又碰上红灯”吧？

窗外一家面包房外，许多白领小姐正抱着钱包排成一行，似乎很冷的样子。

也许真理子已经发现了。今天，不，也许从很早以前开始，她就已经知道我是戴着假面，故作开心地作秀。虽然我特意穿上主题公园里可爱的玩偶装，博取大家的欢心，但真理子或许早就看穿了。她一直都很清楚，那头套嘴部为了看清外面而敞开的黑洞里，潜藏着一张干瘪而没有表情的面孔。

“为什么要骗我？”

这个问题听起来好像也包括了平时所有的一切……是我想太多了吗？不过那家伙可是女生。和堀内、森川他们不一样，她一直想要看透深处的我。只可惜我根本不需要这种剪不断的牵绊。我想要的只是恰到好处的感情。无论如何人都摆脱不了寂寞和空虚，所以一份看似能填补这一切的淡淡的感情就足够了。我无需任何人走进我的内心，反正孤独是填不平的。所谓的爱和拥抱，我都不想懂。我生命中的每一刻，都只是在接受疲倦和空虚的折磨罢了。

结果，我在家里连续躺了两天才康复。这两天里，短信、电话吵个不停，说实话我其实没觉得像在休息。不过被人关心的感觉倒也不错，这也算是我想要的感情中的一项吧。

两天不见，大家显得尤为热烈。我带着一种既厌烦又暗自开心的复杂心情，坐到座位上。但屁股刚触到椅子，就听见身后那头讨人厌的野猪正低声叫着我的名字。为了不引起周围同学的注意，我头也不回地小声问了句：“什么事？”

“那个……关于上次那件事……”

收徒弟的事？糟了，忘得一干二净。

“你答应要收我当徒弟……还记得吧？”

喂喂喂，这种事情不要在这里谈啊！

“一会儿再说。”

被我这么一说，野猪就像三头小猪里最小的一头，很明事理地闭上了嘴。

可恶，这么无聊的事居然还记得。

虽然已经过去两天了，可那位中年大妈还在自我陶醉地上俳句课，满口意境之类的玩意儿。我只是奇怪，她似乎犯不着一天到晚为了俳句感动成那样吧，就好像如果她不这样做，就会被现实中平淡无奇的人生所吞没，所以不管三七二十一拼了老命也要感动一把。不过这样一来，她自然无暇顾及周围的状况，而我也不用担心会被她点到名。我决定仔细考虑一下我和野猪之间的棘手问题。

就结论来说，这种事情当然只能一口回绝。凭什么我非得收他当徒弟？而且“徒弟”这个词，是不是就跟古时候“师徒”的感觉差不多？那岂不是说他就比我小一辈了？这可不敢当呀！他可是头猪啊，与其说收他当徒弟，不如说养他做家畜。“我是一头野生的猪，请做我的主人吧，哼哼。”难道这才是他的本意？（笑）

我在讲义的一角画了头小猪，然后打上叉。

那家伙说要当我徒弟，到底想干吗？他好像说过想变得和我一样。难道他以为，当我徒弟就能摆脱被欺负的命运？不过“想变得和我一样”，到底是什么意思？和我一样八面玲珑、人见人爱？这对猪来说是不可能的啦！还是拒绝了吧。如果接了这份苦差事，说不定连我都会被拉下水。还是拒绝最安全。就对他说："我不需要卖不出去的猪。" NO MORE 猪。这里是不是不该用"MORE"？

不过那家伙如果一直被人欺负下去，恐怕又要转学了吧。一头彷徨的野猪……好像有部电影就叫这个。要想办法推销一头卖不出去的猪……应该比较困难吧……等等……也不是不可能。如果由我全权管理，完全按照我的方式来教育改造，也许有希望。嗯……虽然可能会扯到人权问题……不过反正是头猪。说起来，音乐界不也有什么制作人吗？对对，就给他来个制作包装！……把这头遭人唾弃的野猪改造成一头人见人爱的小猪。如果能做到这点，那我欺骗他人操纵他人的本领可就不是盖的了。好，决定了，就挑战一下吧！

因为发现一个值得期待的新游戏，我开始独自偷笑起来。当我意识到这一点时，马上提醒自己要装出一副认真上课的样子，于是赶紧盯着中年大妈脸上最近突然变得扎眼的小细纹。

我决定告诉野猪接受他的请求，为了避人耳目，第二节课下课时我打算约他去屋顶上谈。但我担心和他走在一起会让人起疑，带来不必要的麻烦，所以特意先去小卖部买了盒奶咖，一边摇着纸盒一边走上屋顶。

没想到野猪还没到。屋顶的晒台边围着一圈低矮破旧的铁丝网，看起来轻易就能翻过去。不知是不是阴天的关系，这里的景色有些萧条。虽然走上来的时候已经刻意放慢了脚步，但因为平时不怎么运动，呼吸还是很急促，冰冷的空气不断被吸进肺里。我一边调整呼吸，一边在裂出细纹的水泥地上踱步，然后靠在铁丝网上，举起被我摇过头的奶咖，扯下粘在盒子上的吸管，插进去吸了一口……唉，早知道买罐热的就好了。不知为何，突然觉得有些寂寞，抬头看看天空，老天爷好像也在郁闷："唉，早知道放晴就好了。"

据说很少有学校会让学生随便跑上屋顶。估计是担心有人跳楼自杀，或者是怕屋顶会变成不良少年聚会的场所。不知道本校校长是个没头脑的乐天派呢，还是非常了解高中生的不安心理，才对我们开放了屋顶。不管怎么样，这个地方很合我的胃口。

我突然对咖啡失去了兴趣，开始研究盒子上印着的配料表。这时，我注意到野猪正向我跑来。没想到这头猪用两条腿跑的速度比想象的要快。等他到我身边时已经上气不接下气，嘴里不知在嘟囔些什么。看着他气喘吁吁的样子，我随口说了句"辛苦了"。

"关于刚才那件事……"我故意用不耐烦的口吻切入正题，其实心里恨不得现在就握住野猪的手。

"请多多指教哈！"

"我拒绝收你当徒弟。"

"啊？……怎么可以这样……"野猪显得很失望，仿佛在对我抱怨："枉我拼了老命地跑过来。"

看着他沮丧的神情，我抛出那份前无古人、后无来者的提议："听我说，只是不收你当徒弟……'徒弟'这个词，听着就像我跟班似的，不是吗？可我并不想让你变成我的跟班，想想就够热的。所以呢，与其当徒弟，不如赶赶潮流……给你来个‘produce’，包装改造，听到过吧？就像那个淳君①一样。如果你同意的话，那我可以试试。”

“你是说 produce 哈？”

看来这头猪还懂英文。

“对，就像早安少女组，把一群没名气的小姑娘包装成大家喜欢的偶像。当然，那些女孩子都是比赛选出来的，在一定程度上条件、资质都不错。就这点来说，你估计连资格审查都通不过，跟那些偶像明星比更是差了一大截。不过，反正你的观众也就只有班里那四十号人，最多算上全年级，也就一百六十个左右。这样的话应该值得一试吧？”

“这样啊……”面对我异想天开的提议，野猪似乎还没开窍。

我说太太，不对，猪先生，你就和我签约吧。

“所以呢，我来当你的……”

直接说出这种话是不是有点不好意思？

“当你的……制作人。”

“哈……”

野猪略显迟钝的反应，给了我一些挫败感，让我觉得有点丢脸。

① 日本著名音乐制作人，本名寺田光男。

“也就是说，我来把你改造成一个人见人爱的家伙！”我有点恼火地大声吼起来。

“真的能做到哈？”面对做梦都想不到的诱惑，野猪那双眼睛瞪得滚圆滚圆。

“吵死了，小点声。”

“可是我……这副德性……”

“无所谓啦。反正包装这种事，就是要把什么都不是的凡人变成一颗耀眼的明星……不过在那之前我要确认一下，你真想变成受欢迎的人吗？”

“那……那当然哈！只不过……”

“那么当作参考，问你个问题。你想变成什么样的‘明星’？”

野猪显然被我问了个措手不及：“啊？这个……让我想想……像你一样吧。嗯……又风趣……又有人缘，受大家喜爱，还有个那么可爱的女朋友……”他开始一条条地罗列起来。

“我说你啊，犯不着现在就开始拍马屁。虽然在演艺圈嘴巴甜确实很重要，但我现在也就负责包装你一个，所以你有什么想法就直说！”

“哪里，我是说真的。我真的很崇拜你……”

“所以才选择进入演艺圈，是吗？”我故意逗他，然后等着看他的反应。

“我都说不是了！我说的都是实话哈！”

“接下来要说，所以以后还请多多关照，对吧？果然很可疑。”

“你不要这样嘛！”

我和野猪出于各自的目的，达成了这份协议。其实我真的很想跟他签约盖章，只可惜手头没这些东西。作为替代，我撕下奶咖上标有“100日元”的标签，悄悄贴在野猪背上。我要把这头猪改造成人见人爱的家伙，一想到这里，我就兴奋不已。

我再次望望天空，虽然依旧阴云密布，但老天爷似乎也想开了，好像在说“不放晴也没什么大不了的”。我暗自在心里揶揄了一句：“你还振作得真快啊。”觉得稍稍舒畅了一些。

当天放学后，我和野猪在我家二楼的房间里召开签约后的首次会议。由于这天正好顺路，不得不和真理子一起回家，因此我只能紧急联络野猪，让他三十分钟后到我的“御用便利店”来和我会合。一路上，我跟真理子有说有笑，完全没有表露出急着赶路的意思。把真理子送回家后，我折回原路，在便利店和野猪碰头，把他带回了家。

进房间后，我故意套上一件进口长袖T袖，上面写着：“How much the hell are you gonna gain，you piggy!”（到底想胖成啥样才满意啊，你这头猪！）可野猪对此却一言不发，只是一脸认真地跪坐在冰冷的地板上。我盘腿坐到书桌前，在纸上写下四项基本原则贴到墙上，让野猪大声朗读，并宣誓严格遵守。

“第一，改造一事绝对不可外传！

“第二，原则上必须绝对服从制作人的命令！……括号里的也要念吗？……如果确实存在困难应尽早提出！

“第三，不可自作主张、擅自行动！

“第四，变得人见人爱之时即是本合约终止之时，不可中途退出！”

等野猪读完后，我轻轻鼓了两下掌：“很好！念得很响亮！”

“那个……不能中途退出哈？”野猪显得有点为难。

我皱起眉头：“怎么突然这么没志气了？！

“好，那接下来虽然有点残酷，不过我还是要总结一下你现在面临的处境。你必须要认清，班里的同学是怎么看你的，当然也包括我在内。这项总结可能会让你感到前所未有的绝望，甚至从今以后都没有重新做人的勇气。不过没关系，首先你必须接受现实！”

我用制作人的口吻一口气说完这段话，野猪如我所愿地开始感到害怕：“被你这么一说，还真有点害怕哈。”

“但我说的话确实很恐怖，要开始了哦！”

“等……等等！”

我开始怀疑自己有虐待狂的倾向。

不成不成，如果把一头野猪绑起来，那岂不成了夏季送礼的火腿？

“给我咬紧牙关！”

“是！”

“你这德行，一看就叫人来气！大家都说，长得像你这么恶心的家伙，打出了娘胎还真没见过！脸上到处油光光的，没脖子，外套肩膀上还成天铺着层头皮屑，坐在椅子上那只大屁股的肥肉还会往外跑，衣服扣子好像一绷就开，嘴里一天到晚大喘气！就算发出哼哼的猪叫声也一点都不奇怪！就因为你这副德性才会被人欺负！不要说从头到脚找不出一点吸引人的东西，根本就是方圆两米内都没人想靠近！管你转到哪所学校，结果都一样！不如干脆找个猪圈钻进去得了！我问过那些没事就爱欺负人的家伙，在见面就想欺负的人当中，你当之无愧排名第一！顺便还问了问女生，最不想亲近的人你也榜上有名！像你这种人怎么可能变得受欢迎？不要做白日梦了！我现在可是后悔得要死，怎么一时糊涂接了这么个吃力不讨好的差事！你这头猪！不可能卖出去的猪！少在那里哼哼了！”

啊，一口气都吐出来了，还当面吐给了他！是不是有点过分？

野猪好像在拼命死撑，那张脸都快要哭出来了。

“还有那张脸也丑死了！”

啊，这句有点多余。

“不过，把我刚才说的全部改掉，那就算大功告成了。”我完全不按逻辑地得出了一个没头没脑的结论。

野猪忍着泪直视我的眼睛：“修二……我……我该怎么做哈？”

我把手搭在被我亲手推入谷底的野猪肩上，然后看着他，心想，成败在此一举，现在正是制作人用鼓励的话语来温暖绝望艺人的关键时刻。

“一切都可以改变。我一定会把你打造成一头大受欢迎的小猪。从现在开始，你只要照我的话去做，就算你是头猪，我也会让你变成猪冠军。”

“猪冠军？听上去……怎么像是外国人的名字哈？”

“那就猪霸王？要不猪皇帝？猪博士怎么样？”

“你在说什么啊……”看着我的野猪终于破涕为笑。

“总之，你要遵照我的指示，绝不可以擅自行动，明白吗？”

“遵命！”野猪两眼放光，给了我一个响亮而干脆的回答。

我顿时觉得心里一阵舒坦，开始仔细打量起面前这头猪来，心里盘算着如何才能让他改头换面、重新来一次闪亮的登场呢？虽说我的房间原本就不算大，但被他那庞大的身躯这么一坐，连熟悉的房间都似乎缩水了。

“首先要改的……还是外表。百分之九十九的高中生都习惯以貌取人。现在的你实在有点……恶心归恶心，但如果不能让人发笑的话，那就没戏。”

“那要怎么办哈？”

“减肥这种事情对身体不好，我们暂时不考虑。而且万一被人知道你为了讨人喜欢故意减肥，那反而更招人厌。我们要把胖变成一个卖点。不过就算胖，也要胖得干干净净清清爽爽。先把你那只头皮屑满天飞的脑袋剃光。就现在的处境来说，如果一时兴起去剃个中间留一小排的鸡冠头，或者在脑袋上剃出个文字图案之类的，那非但不能搞笑，反而会有反效果，八成会被欺负得更惨。所以，一定要剃光！这样一来正好一举两得，香菇头和头皮屑，这两个问题可以同时解决。”

“你是说光头哈？总觉得那样好像会被欺负得更惨哈……”虽然野猪没有显出多少抵触情绪，但还是略带不舍地摸了摸那个香菇头。

“一开始可能会吧。接下去……那张油光光的脸也要处理一下。你平常都用什么洗脸？”

“洗脸？……一般都用冷水哈……”野猪有些迟疑地回答。

谢谢你告诉我你不用热水洗脸。

“笨蛋，是问你用什么洗面奶。现在店里不是有很多种吗？什么不紧绷啦、清爽柔嫩啦，还有什么什么泥。”

“其实我只有早上起来没睡醒的时候才会洗洗脸哈……”

那能叫洗脸吗？只是为了让自己醒过来吧？！

“那一会儿我去帮你买个像样的洗面奶，明天开始每天带到学校去，午休的时候悄悄出去洗个脸，注意别被人看见。还有，每节课下课要记得用吸油纸把脸上的油擦干净。当然汗也要擦干净。对了，体育课的时候，你出的汗肯定比别人多得多，记得带条毛巾，再买罐止汗喷雾，一定要把汗臭味控制在最低限度。不过你千万别抹香水、戴首饰！胖归胖，但要胖得可爱胖得朴素，这才是我们的卖点。还有就是隐形眼镜，如果没有的话一会儿去配一副，以后不要戴眼镜了。”

野猪等我一口气说完后问道：“不好意思，我可不可以用笔记下来哈？”结果我不得不把说过的话再重复了一遍。

“好……那接下来，就先剃头吧。”

在地板上埋头记完笔记的野猪，一脸惊讶地抬起头：“现在哈？”

“越快越好。对了，你的头形怎么样？不会是扁头吧？”我边说边观察野猪的脑袋。

“报告，我对自己的头形很有信心。”野猪直视着我自信满满地说。

不过我很怀疑把自信用在这种事情上有多少价值……

“那就开工吧。”我站起身走出房间，从浴室找来小时候用过的电动推剪，顺便在客厅里抽了几张昨天的报纸，然后让野猪脱光上衣。

“嗯？为什么要脱？”

“如果头发掉到衣服上，到时候岂不很难清理？”

“有道理哈。”野猪露出一副恍然大悟的表情，立刻脱去外套，松开加打过洞的皮带，从裤子里掏出衬衫，开始解纽扣。我则忙着在他脚边铺报纸，尽量不留下一丝缝隙。

一切搞定后，我抬起头。野猪那白得有些过分的上半身展现在我眼前。这不叫猪还能叫什么？那身肥肉在紧绷的校服下虽然丰满但还看得过去……看来这家伙属于穿衣服显瘦的类型。粉红色的乳头周围还长了层薄薄的绒毛。这身体……实在长得有些困难。

眼前的景象显然超出了我的预期，我稍稍有些吃惊，于是抓抓头发，命令野猪“低下头”。

野猪把两手放在膝盖上，向前伸出了脑袋。

喂喂，这幅画面可够惊人的。如果现在老爸老妈突然回家冲进我的房间，我要怎么解释？一头半裸着上身的肥猪，和手拿电动推剪的我……就算伶牙俐齿的我也想不出什么好借口。动作快！快点搞定它！

“要剃喽！”

“好！”

我把推剪调到三毫米挡，打开开关，右手传来一阵震动。野猪在我面前毫无畏惧地伸着头，一副豁出去的样子。虽然觉得有点对不住他，不过我还是情不自禁地笑了起来。这家伙为什么会乖乖地让我给他剃头呢？想到这儿就觉得好笑。手里的推剪也在不停地发出嗡嗡的震动声，好像急着要冲锋上阵，让人更加忍不住想笑。

这画面，到底算什么？……不行不行，这家伙可是把命都押上了，我也得严肃点才行。

我重新调整好状态，摆出一副认真的表情，两腿稍弯放低身子，决定把值得纪念的第一刀定在额头处。当电动推剪一头扎进他前额的头发时，细细的毛发伴随着刺耳的推剃声飞舞起来，一团团略带油腻的黑色头发掉落到了报纸上。

啊……没有退路了。

没多久，报纸上就渐渐堆起了一座黑色的小山丘，看着让人退避三舍。我对没剃干净的部分稍加修整，完成最后的润色工作后关上推剪，长长呼出一口气。

“好了，抬头！”

野猪迟疑着抬起头，看上去就像一尊谁也救不了的弥勒佛。两秒钟后，我终于憋不住了，把一脸不安的野猪扔在一边，捧着肚子尽情笑了个够。然后我开始围着他转，从各个角度欣赏自己的作品，最后颇为满意地总结道：“看起来还不错嘛。”正如他自己所言，野猪的头形确实不错，滚圆滚圆。和脚边这座黑色小山不同，这个脑袋还是让人挺想去摸两下的。

“眼镜拿掉。”我得意地发出指示。

野猪乖乖地把嵌在脸上的眼镜摘了下来。

噢……这样子不错！很不错！（笑）你是谁啊？（笑）

我突然来了兴致，决意重现大佛。我让野猪盘腿坐在地上，帮他把右手和左手分别摆好位置，然后退了两步，再度爆笑起来。

“给，镜子。”我因为笑得太猛，一边咳嗽着一边把镜子递给他。

野猪一只手摸着滚圆的脑袋，一只手拿着镜子上上下下左左右右地观察自己的新造型，然后有点害羞地笑着说：“好像……蛮可爱的。”

“我就说吧！坦白说，剃到一半的时候我心里还有点发毛呢，不过等剃完一看，没想到还不错，不是吗？”

“这模样，应该有希望吧。”

“快把粘在身上的头发拍掉，我去拿吸尘器和垃圾袋。”

清扫工作也顺利搞定。野猪穿上衬衫，盖住白得耀眼的身体和长着一圈小绒毛的乳头。不知道是不是因为他扣上了最上面的扣子，现在的野猪看起来备显可爱。我克制住想笑的冲动，决定留着以后再笑。

“接下来要说的东西很重要，仔细听好。你现在的样子确实多多少少变可爱了，但鉴于你已经是人见人厌、恶评如潮，所以不要以为单单剃个光头，明天就可以来个乾坤大挪移，交上几百个朋友，这种痴人说梦的想法要趁早抛弃。明天我们先从我周围的人，也就是……堀内和森川那两个家伙开始，先把他们俩拉拢过来。第一场硬仗一定要稳扎稳打，如果一开头就碰钉子，那估计你也没信心干下去了吧？”

听我这么一说，野猪轻轻点起头：“说得也是哈。”

“对了，我们先给你起个艺名。”

或者说，其实就是本名？！

“艺名？”

“对，就叫 NOBUTA（野猪）。”

“NOBUTA？……但我名字里的‘信太’两个字应该读成 SHINTA，是坚信的意思哈……”

“不对不对，我说的是‘野生’的‘野’、‘一头猪’的‘猪’，野猪！”

“啊？”野猪一脸困惑地看着我。

这么“好”的名字，不用岂不太可惜？

“总之就叫野猪了。听上去就很卖座，不是吗？”

“是吗？”

不过野猪算不上家畜，八成卖不出去。

“然后，关于你新形象的首次亮相问题……”

“哈！”

我到底不是淳君那种王牌制作人，何况开业也没多久，既无第一秘书也无第二秘书，旗下的艺人仅仅野猪一个。当然我也不指望事业蒸蒸日上，然后在纽约买栋别墅往里摆架白色三脚钢琴。说得直白一点，我也就是一个还没有任何成绩可言的高中生。因此要我当场想出一个让人眼睛一亮的登场秀，也未免太强人所难了。

在这凝重的沉默下，野猪似乎在等我说出一个惊天动地的超级方案，但事实上我在心里胡言乱语着为自己开脱。

野猪表情严肃地看着我的眼睛，我也只好故作严肃地看着他。两人四目相接，相对无言。是不是要放广告了？

我现在需要时间。据说年轻人最想要的东西，除了钱就是时间。说起来，一休和尚解谜之前不也会摸摸脑袋为自己争取时间吗？当然我一直都怀疑，他早就想出答案了，只不过出于节目需要才表演一下这个动作……算了，这种事情以后再议，总之我现在需要时间。

我突然灵机一动，掏出手机："还没告诉我你的手机号吧？为了业务上联系方便，自己输一下。"

这下时间自然就有了。

野猪丝毫没起疑心，接过手机开始输入名字、号码。我马上启动脑袋里的紧急开关，好让脑细胞超高速地运转起来。

怎么办怎么办怎么办、怎么办怎么办怎么办怎么办怎么办怎么办怎么办怎么办怎么办怎么办……有了！

"搞笑"！还是得靠"笑"。就让大家不停地笑！明天要让野猪变成大家的"笑点"！就这样！只能这么办了，新右卫门①！

现在我随时可以公布我的计划，可身为现代高中生的野猪却似乎还搞不清手机通讯录的用法，皱着眉头不知在那儿捣鼓些什么。成功争取到时间的我因为急着宣布我的惊天大计划，所以一把夺回手机，对他扔下一句："慢吞吞的在干吗？一会儿再说。"

"刚刚我们是在说新形象的亮相问题吧？"

"哈！"

虽然答案是"搞笑"，但那只是个抽象概念。现在要做的就是添油加醋，想办法说服面前的这头猪。看来只能勇往直前了。我亲爱的三寸不烂之舌，就让他见识一下你的威力吧！

---

① 动画片《聪明的一休》中的人物。

“最重要的……我觉得最重要的就是你亮相那一幕，也就是大家第一次亲眼看到你那只光头的瞬间。那个一定要有轰动效应。如果准时上学，就会在走廊里被人看到，没办法同时震撼所有人。所以明天一定要迟到！要想在同一时刻吸引所有人的目光，就只能这样了。至于其他事就交给我，我会让这一幕变得更精彩的。”

说得好！

“我们的绝招就是‘笑’。明天我会陪你一起迟到，然后假装在走廊上碰到你。我就像刚才一样对着你的脑袋狂笑一通。那时，教室里所有人都会好奇到底什么事那么好笑，然后把注意力集中到毛玻璃上的两个人影身上。这时呢，我就一边放声大笑一边和你一起走进教室。相信被我这么一笑，大家都会跟着笑起来。”

讲解完毕，我不禁在心里举起双手，高呼“修二万岁！”

“这样就能变成受欢迎的人了？”当我飘飘然地被人抛向空中、享受着胜利的喜悦时，野猪当头泼来一盆冷水。

我有点生气了：“那我问你，最糟的情况是什么？”

“是什么哈？”

“不要把问题还给我……最糟的就是你这个光头剃了也是白剃，大家看到了还是当没看到。你想，如果谁都没反应，那岂不很糟？那也就是完全失败了，不是吗？”

野猪立刻点头表示同意。

“所以呢，我只要做个榜样就行了，这样就可以硬生生地带动大家作出反应。你有没有见过狂笑不止的人？看到那样的人，不知道为什么自己也会变得很想笑。虽然不能保证全班的人都会笑，但只要有一半我们就成功了。或者最低限度，只要森川和堀内跟着笑就成，那两个家伙只要看到我笑就会笑的，我肯定！”

野猪的脸还没完全放晴。看来对这头猪还需要再花点力气解释一下。

“你是不是在想，就算大家笑了那又怎么样？”

听到我的问题，野猪狠命地点起了头。

“不要小看‘笑’的作用。我现在说的笑，和你在背地里被人嘲笑可是一个天上一个地下。我说的是不加掩饰地笑，是在你面前大大方方地笑。而且这样笑过之后，接下来就可以很自然地跟你搭话了。比如我对着你狠狠地笑了一通以后，即使我第一节课下课找你说话也不会有什么奇怪的。那样一来，森川和堀内也会加入进来。试想一下，接下去就是四个人的聊天。一旦冰山融解，他们俩就会主动跟你搭话。如果这种聊天进展顺利，那他们对你的厌恶就会消失得无影无踪……就是这样，能明白吗？”

野猪脸上终于露出了会心的微笑，看来艺人最终接受了制作人的方案。而我其实早就心动过速了，只不过对于自己的急中生智以及前仆后继、喷薄而出的言辞，我自己都不免心生佩服。

就等明天！明天一到，野猪就将在我的包装下闪亮登场。不对，应该叫再度登场。不是以“小谷信太”，而是以“野猪”的身份再度登场。

我再次把手机递给他，让他继续刚才没完成的工作，然后用充满爱意的目光注视着这头即将被我隆重推出的光头野猪。

第四章

改头换面

第二天早上，我和野猪约好提前十分钟在便利店碰头。我们翻了会儿杂志打发时间，然后优哉游哉地朝学校走去。

从校门口那条细长的小路上，远远就能看到那位以教育迟到学生为乐的体育老师，他正焦躁不安地在门口走来走去。

竟然让堂堂的公务员看门，真不像话。

这时我猛然想起，如果在这家伙值班的日子迟到，那放学后就得留下来打扫校门了……不行，今天千万不能被当作迟到，一定要想个办法混过去。今天可是野猪登台亮相的大喜日子，同时也是考验我演技的关键时刻。我决定用那家伙来练练兵。反正我今天迟到也是为了别人，放我一马也是应该的。

“我们要想个办法不被记迟到。”我对野猪说，并让他取出钱包。

野猪一脸困惑地看着我，取出一只同样看不出牌子的钱包，放到我手上。

“把里面的东西掏干净。”我说着也从口袋里拿出自己的钱包，把东西掏出来扔进书包，再把空钱包塞回口袋。

虽然野猪不太明白我的用意，但还是很听话地学我的样子清空了钱包。

我嘱咐他："什么都别说，垂头丧气一点。"然后自己也装出一副很沮丧的样子，和他一起走向守门的体育老师。

那家伙一看到我们两个违反校纪的家伙，就马上用严厉的口吻教育起来："你们俩，以为现在几点啊？"

"对不起。我们在路上被'船高'的家伙拦住，钱都被抢走了。"我情绪低落地从口袋里取出钱包，让他亲眼证实里面空无一物。

"什么？你们俩没事吧？"体育老师睁大眼睛看着空空如也的钱包，显得有些吃惊。

四肢发达的家伙果然头脑简单。

"你也一样？"

野猪应了声"是"后，急忙掏出空空的钱包给他看。结果体育老师换了换语气，又重复一次："你也一样啊？那你们俩没受伤吧？"

"虽然今天的午饭钱没了，不过总算平安无事。"

"那就好，你是说'船高'的人干的？我一会儿就去跟教导主任汇报。"

"但是……我们今天迟到了……"

"又不是你们的错，不算迟到。"体育老师说着，立刻开门放我们进去。

"谢谢老师。"对着他恭恭敬敬地行个礼后，我们顺利逃过一劫，走入校园。

怎么现在的人都这么好骗呢？野猪对我刚才的表演敬佩得五体投

地，而我则对那个轻易上当的肌肉白痴嗤之以鼻。

只要具备一定的说话技巧，再加上值得信赖的外表，骗人就是小菜一碟。如果我是个染着一头红发、看上去游手好闲的家伙，那即使像刚才一样演戏，也只会被当作“胡扯”。为了在生活中不白白蒙受损失、不随便遭人怀疑、不会被人看穿谎言，就必须要把外表弄得整整齐齐的。原则是看起来要老实，然后适当加入点时尚元素。这可以说是想受人欢迎时屡试不爽的一大诀窍了。

不过话说回来，现在的老师还真是……明明成年了还这么好骗，都在想些什么啊？再说了，我接下去的工作——拯救被欺负的学生，原本也应该是你们分内的事吧？

想着想着，我不禁洋洋自得起来。

为了营造出不期而遇的效果，我和野猪决定分走两边的楼梯，从走廊两头迎面走向教室。从东楼梯上去的我，和从西楼梯上去的野猪，终于汇合到今天的舞台前。虽然没做任何宣传，但台下却座无虚席，无法选择离场的四十名观众就在前方这扇门后等待着开演。而我作为地下制作人的职业生涯也将从这里起步。我要把野猪打造成一个当红明星！

我们俩隔着那块巨大的毛玻璃，各自躲在教室两头的墙壁后等待上场。我深吸一口气，示意野猪也做几下深呼吸。他很听话地照做了……

好，上场吧！

我夸张地咳嗽一声，引起班里人的注意，然后退后三步，招手让远远站在教室另一头的野猪慢慢走过来。教室里的人应该能从毛玻璃上看到一个巨大的身影一步一步靠近门口。这时，我也快步上前走入毛玻璃的范围，猛然停住脚步。

就是现在！

“哇哈哈哈哈！”

一阵极具穿透力的笑声划破了早晨上课时的宁静，在走廊里回荡起来。我用手按着肚子笑弯了腰，随即拉开教室门。班里的人都用好奇的眼神看着我一边大笑一边走进教室，不明白到底发生了什么。这时我猛地把野猪拉进来，让大家领略他的新形象。就在所有人都一时语塞的同时，我对着野猪的光头揶揄道：“简直就像尊谁都救不了的弥勒佛。”便再次放声大笑起来。此时，教室里的笑声也开始一阵高过一阵。

第一个跟着我笑的估计是森川，接着迅速传染给堀内和班里的其他男生，有几个终于忍不住的女生也笑出了声。反响比想象的热烈。而站在讲台上的中年大叔眼看着自己的课被这一突发事件打断，顿时不知如何是好。犹豫再三后，他终于用尽全身气力吐出一句“安静点”。但我像给大家做榜样似的继续笑着走回座位。当班里的笑声都变成偷偷的窃笑时，大叔才开始继续他未完的课程。

下课铃响的同时，我立即转过身对着后座的野猪又笑开了。不出所料，森川和堀内当即飞奔而至，拍着我的肩膀说：“你太夸张了。”

“你们自己看啊，跟尊弥勒佛没什么两样！来来，把腿盘起来，然后手这样子放。”我像昨天一样，把野猪在椅子上摆成一尊迷你大佛后，又爆笑起来。

森川和堀内也因为眼前的景象实在太逼真，不禁跟着笑出了声，同时周围的家伙也忍不住笑了起来。

成败在此一举，我脸上挂着笑容，脑袋里却绷紧着一根弦。

“出什么事啦？干吗要剃光头？”我故作轻松地抛出自己的台词，接下来就看野猪的了。

“我昨天拿了张杂志上剪下来的图片去剃头，想让人帮我剪成那个样子哈。但没想到背面正好是个光头。我也没注意，就折起来给店里的人……结果他们八成搞错了，我偏偏又在剪的时候睡着了……等我发现不对劲的时候……这里已经什么都不剩了……”野猪说着用手比画着自己脑袋正中央的部分。

“不至于吧？哈哈哈哈！”

这么搞笑的理由当然是我昨天事先编好，教给野猪的。不过练习过几回的他，表演得还真像回事，弄得森川和堀内两个人毫不怀疑地捧腹大笑。

“不过这样不错哦，看起来好像比以前可爱。”森川在无意中荣获了值得纪念的“最先搭话奖”，我不禁在心里夸他干得好。

“那我可不可以摸摸看？”这回轮到堀内提出同样具有纪念价值

的“最先触摸申请”。现在我终于可以确信，计划成功了。

堀内在野猪的脑袋上摩挲了两下，一边叫着“手感不错”，一边绽放出灿烂的笑容。见此情景，森川也紧随其后上前摸起来。

男人就是这点好！只要笑一笑，什么都可以忘记。只要当时玩得够开心，就不会去理会什么细节。照着这种感觉，搞定男生应该不成问题。

趁着现场气氛正火爆的时候，我决定宣布野猪的艺名。

“对了，刚看到这家伙名字的时候，第一反应难道不是‘NOBUTA’？”

“NOBUTA？啊……有道理！（笑）野猪？正好对得上哦！”

再下一城。两个人又如我所料地笑成一团。

“没错吧？（笑）刚想到的时候我都快笑不动了，还在想怎么会有这么巧的事！”

“这是我们四个人第一次也是最后一次聊天”——为了防止出现这种戏剧性的悲情局面，从那天开始，下课后我不再跑去暖炉边，而是尽可能地把堀内和森川拖到我的座位来，为野猪创造四个人聊天的机会。功夫不负有心人，我们三人组和野猪之间的关系逐渐发生了微妙的变化，当我们要去小卖部之类的地方时，终于会很自然地问一句：“野猪一起去吗？”时间的流逝逐渐冲淡了最初的抵触。一星期过后，我们四人发展到形影不离的程度。看来森川和堀内已经完全接受野猪了。

亮相计划的巨大成功，给我带来了前所未有的成就感。我第一次体会到，当世界完全按照自己的脚本运作时，感觉竟会这么棒。如果只是我一个人自导自演，要操纵别人当然是手到擒来。但现在有了野猪这个包袱，我必须要通过他这个第三者来操控别人的举动，这就不可同日而语了。这种成功仿佛让我觉得，整个世界都不得不承认我的"变身秀"是一种艺术，而它距离登上百老汇舞台的日子也不远了。想到这里，我顿觉精神百倍。

首场演出的票房极佳，为我们成功拉拢到两个同伴。但正当我开始思考下一步计划、打起班里其他男生的主意时，野猪突然在某一天早晨脸上带着伤出现在了教室里。又是真中和武山那两个家伙干的好事。就因为这件事，一直对野猪笑脸相迎的森川和堀内，又重新想起野猪遭人欺负的事实，我多少可以感觉到他们有些退缩。身为野猪的制作人，我意识到必须尽快采取措施，不能让辛辛苦苦打下的江山毁于一旦。我决定把其他男生的问题延后处置，先想办法拉拢那两个欺负野猪的家伙。

第一节课下课后，我立即把野猪叫到屋顶，召开紧急会议。野猪眼睛旁的擦伤和嘴角黑黑的淤血，看起来似乎很痛。

"又是他们干的？"

野猪有点难为情地笑了笑，点点头。那笑容里似乎藏着一丝无奈的绝望。

“这次是为了什么？”我问道，喝了一口刚从小卖部买来的草莓牛奶。

“他们叫我撒泡尿照照，不要太嚣张了……”

“这还真是那些欺负人的家伙最常用的台词。”

顺便提一句，排名第二的是：“你这家伙看着就让我恶心。”

“你难道打不过他们？”

“绝对不可能。”野猪把头摇得跟拨浪鼓似的。

但我觉得，估计真打起来，还是野猪胜算大。毕竟硕大的体形占有先天优势，何况从体育课的情况看，这家伙还是很有力气的，绝不是什么运动白痴。总体感觉来说，应该算是头“有战斗力的猪”。只可惜他天生软弱的性格实在有点碍事。缺乏战斗本能的人总会有些被害妄想症，在打别人之前脑海里会先浮现出自己挨打的画面，最终无论如何还是出不了手。真中和武山那两个家伙最多只能算是小混混。和独来独往、做事不计后果的前田不同，他们俩专挑软弱的家伙下手。这种欺软怕硬的人，一旦遭到反击，就会像漏气的皮球一般瘪下去。所以对付他们最好的办法就是把他们揍一顿。

“那没办法了，以后你就逆来顺受吧。”

“逆来顺受？”

吸管发出一声难听的声音，草莓牛奶已经见底。我一边用力压扁纸盒将其折叠起来，一边向野猪解释下一步计划：“这个问题……以后再议。（折起来的牛奶盒比预想的要小）你以后要扮演的角色就是小丑。先摆脱被人无视的状况，然后对每个人点头哈腰，不惜丑化自己来让大家开心，用你笨手笨脚的样子给别人带来优越感。这一计划最初的目的是要提高你的知名度。但考虑到现在的状况，我们必须再追加一个目的，那就是扫除障碍。对真中和武山那两个家伙，你要加倍奉承。刚开始的阶段，你就先给他们做牛做马吧。”

“啊？”野猪的脑袋似乎在我的战略讲解下变成了一团糨糊。他两手抱着头，那张脸像四天没上过大号似的。

“真麻烦！太复杂的地方听不懂就算了，反正先给我乖乖地去当他们的仆人吧。”我简短地总结道。

如果这样也不懂的话，接下去就只能对他开猪语了。怎么说来着？……哼哼哼哼哈……不对，哼哈哼……哼哼哼……好像还是不对啊……哼哈……

“但……但是你说的‘仆人’……要怎么做哈？”

太好了，听懂了。

“只要照他们说的去做就行了。让你去买面包你就乖乖地去，问你借点钱来花你就马上掏钱，让你脱衣服你也不要犹豫，就算要你叫两声来听听，你也就哼两声。”

不知道是不是对自己的裸体没有信心，野猪陷入了沉默。

难道是在介意乳头周围的那圈小绒毛？

“没有别的办法了？……就算这样……就算像现在这样继续被他

们欺负也没关系！只要能变得受欢迎！”

我对着野猪叹了口气，把折成一团的草莓牛奶盒扔进了那只管理员每个月只来收一次的垃圾箱。“我说你啊，你就没觉得今天堀内和森川看到你的时候愣了一下吗？对一个被人欺负的家伙，谁都不会想跟他扯上关系的！就像这个，这种嘴角边上血淋淋的伤口，一下子就会让人清醒过来。更何况，就算你求真中和武山那两个家伙只打别人看不见的地方，让人看不见伤口，但如果他们看到至今没人搭理的你一下子变成班里的丑角，和别人打成一片，那他们肯定会觉得不爽，反而会对你出手更狠的。所以呢，逆来顺受看起来像是在逃避，但这是最适合你的办法。为了能开开心心地过好每一天，最重要的就是不可以树敌，接下去就是稳定的朋友圈子，最后才是跟那些无关紧要的人之间的交流。懂了没？”

“嗯……你说的我都懂哈……但就没别的办法吗？”

从什么时候开始，你有资格对制作人的策划方针指手画脚了？算了算了……如果被人要求去“做牛做马”，估计谁都会犹豫吧。

“要说别的办法嘛……”

“哈！”一听到我说还有其他方案，野猪的表情豁然开朗。

“这些不良少年在前田面前都抬不起头，所以把前田打趴下或者跟他做朋友都不失为一个办法……不过你已经没机会了……”

“是哈……因为上次的事我跟那个人有点……”

“还有就是……在他们其中一个人的家里装窃听器或摄像头，抓住点把柄。或者……出钱雇个小流氓把他们狠狠揍一顿。再不然想个办法让他们被学校开除也行。实在不行，就在他们吃的东西里下泻药，让他们待在厕所里出不来。当然你也可以在午夜丑时跑到神社去，在树上钉个稻草人咒死他们……还要继续说吗？”

面对我毫无章法的提议，野猪的肩膀沉了下去：“不用了……够了。听着都好像有点违法……”

他似乎接受了我的方案。当然，其实我也可以直接跑去找真中和武山，警告他们：“不许再对野猪出手，否则饶不了你们！”但这样一来，难免会招致一些令人不舒服的误解，而且制作人亲自出马也会破坏培养艺人的成就感。更重要的是，我也不想给自己招来不必要的怨恨。

“现在只是暂时委屈一下，将来一定会有回报的，相信我。”

在我的安慰下，野猪低头道歉说：“是我太任性，对不起。”

在野猪低下头的同时，上课铃响了起来，好像一直在偷听我们的对话似的。野猪嘴里嘀咕一声“糟了”，匆忙赶回教室。和上次一样，他连招呼都没和我打。但不知为什么，答应了要对别人低声下气后，野猪的背影看上去显得很坚强。

上第二节课时，我因为顺利解决了野猪的问题，课程又很无趣，于是决定开始数前排女生的麻花辫。但就在这时，我猛然惊觉到一个重大疏忽。

契机……如果野猪突然跑去求真中和武山让他当仆人，他们可能会觉得他别有居心。毕竟是野猪主动提出这样的要求，即使他们更讨厌野猪看来也在所难免了。说起来，如果被欺负的一方突然变得逆来顺受，那欺负的一方往往会顿感无趣，反而嚷嚷着“怎么不反抗了”而发起火来。

糟糕！真他妈可恶！野猪被揍一顿倒没什么，可我好不容易来了兴致想在制作人领域大展身手……绝不能让我刚起步的事业就这样毁于一旦。怎么办？难道真要去给他们下药？……

算了，凡事贵在尝试，就先让野猪试试看吧。反正真中和武山那两个家伙也够笨的，说不定真会乖乖上套呢。

我抱着一丝侥幸，开始数前排女生的麻花辫。

今天吹的是东风，前排女生的麻花有十八个，而幸运女神则站在了我这边，我侥幸的期待正中目标。

听野猪事后汇报说，当天中午，真中和武山又照例来问他要午餐费。野猪就像我事先教导的那样，对着他们点头哈腰，像个仆人似的笑着说：“请交给我这头野猪吧！我这就去买，请问二位大爷想吃什么？”而那两个单纯的家伙则非常得意地点了炒面面包和金枪鱼三明治。

笨蛋就是好骗！

自从野猪对真中和武山唯命是从以后，他惨遭暴力欺负的问题也迎刃而解，还经常能看到野猪跑去小卖部给两人买面包。多亏给他剃了光头，一扫过去让人厌恶的印象。现在这位可爱的仆人已经深得真中和武山的喜爱了。有时他们三人甚至会一起回家，事后野猪会像发现新大陆似的跑来报告他和不良少年相处的成果："我第一次知道，原来香烟是吸到肺里去的哈。"看来他们之间的隔阂已经完全消除了。

而另一边，堀内和森川也因为野猪不再受人欺负，开始放心大胆地和他打成一片，过去我一手促成的四人聊天也顺理成章地死灰复燃。到目前为止，我们已经成功拉拢到四个同伴。

值得庆幸的是，野猪当初并不是因为性格别扭才被人讨厌，只是因为形象和举止让人觉得有点恶心。如果一个人因为内在原因遭人排斥，那恐怕就真是无药可救了。所谓江山易改，本性难移，即使别人提醒他"这样不好，要改一改"，他也不太可能改得掉的。就这一点来说，野猪虽然懦弱，却是一个懂分寸又善良的人，这些优点实在帮了大忙。

新年伊始，又是一个新学期。我继续发挥着榜样作用，引导大家把野猪当成一个小丑。森川和堀内看在眼里，发现野猪并不抵触，所以也就欣然追随了。至于具体方法，不外乎是从野猪身上寻找笑料，想出些毫无章法的游戏逼野猪认输，或者强迫他接受惩罚措施，等等，总之我会想尽一切办法让大家把笑声集中在野猪身上的。

真中和武山两人原本和我们关系一般，但自从有了野猪这个共同的“玩具”后，他们俩也会时不时地加入我们的圈子，一起欢笑一起游戏，当然也照例会让野猪跑跑腿。

野猪与这四位新伙伴的关系就这样渐渐牢固起来，接下去的目标就是班里的其他男生了。虽然有几个和我们关系不错的家伙偶尔会上前来和野猪搭搭话，但他们的态度多少还有些畏首畏尾的。看来还需要一次更大的行动刺激一下。

“这个计划就叫……‘裤子开裂大作战’。”我吸了口果汁牛奶，对野猪说。

虽然这鬼天气冷得要命，但我们依旧把紧急会议地点定在了屋顶。尽管二月的寒冷在一年中可以当之无愧地荣获冠军，但天冷的时候仍然会想喝冰冻饮料，这也算是对严寒的小小反抗吧。

“能不能再给我解释一下？”野猪的脸上写满了不安。

“还是觉得难为情吗？”

“难……难为情也就算了，但这么做到底有什么用呢？”

“为了制造一次印象深刻的搞笑事件。”我自己觉得这句台词还挺酷的。

“印象深刻的……搞笑事件？”

“对。只要大家一想起‘那家伙身上竟发生过这么丢人的事’，就会忍不住想笑。而这样的笑料经久不衰，所以效果特别好。因为大家同时都目睹了相同的一幕，这会让人产生一种联系。今后我们要做的，就是刻意去加强这种联系。”

“哈？”

每次要让野猪接受我的计划，都得解释到他完全理解才行。我决定继续努力，直到他脸上放晴为止。“那些摇滚乐手不也经常这么干吗？专辑里有时候也会突然来一段个人秀。其实就和那个差不多啦。就是要让别人不会忘记，这次呢，就是值得纪念的第一次行动。我刚才也说了，我们就先从胖子才有专利使用的‘裤子开裂大作战’开始。”

所谓“裤子开裂大作战”，其内容就如名字般简单明了：首先野猪就穿着平时那条紧绷在身上的校裤，然后由于他双腿分开所造成的负担超出了裤子伸缩的极限，最终导致裤裆部分刺啦一声裂开口子，露出内裤，于是众人哈哈大笑。当然鉴于本校冬季校服的裤子不是那么容易就会乖乖就范的，所以必须事先扯开裤子，再用针线稍稍缝合，只要两腿略微分开就能轻易拉破。这里再加上一点演技，装出一副害臊的样子，就十全十美了。

我因为制订出一个颇有意思的计划，正得意得春风满面，但一旁的野猪多少有点垂头丧气。我也不是不能理解他的心情。他八成是觉得，自己都已经乖乖听话，去当一个小丑了，可这次又要他在众人面前露内裤……面对这样的制作人，难免有些郁闷吧。

坦白说，如果保持现状，那么到毕业之前，野猪也应该能在班里占据一席之地。虽然这么说有点自夸，但我、森川还有堀内在班里、甚至年级里都算得上是活跃分子，所以他和我们混在一起，就能占到不少便宜。但为了测试自己的能耐，我无论如何都希望野猪的人气一路飙升，尽早出人头地。

决不能让他甘于现状，就此止步。现在班里的女生都还对野猪敬而远之，将来一定要把她们也拉过来，然后再让他交到一两个女朋友……

我彻底迷上了制作人的工作，开始为野猪描绘起一幅无边无际的蓝图。

“野猪，听我说，我知道你现在很不好过。但如果不作出点牺牲的话，根本不可能在短时间内变成受欢迎的人。你明白吗？”

可野猪还是一脸辛酸，好像在说：“如果是这样，那我不用变成明星也没关系，我决定退出演艺圈。”

混蛋，这头任性的猪！你又不是什么脱颖而出的脸蛋漂亮、歌喉动听、性格乖巧、才貌双全的好苗子！我是在帮你创造你身上完全不存在的魅力，好歹配合一下我的计划！

我喝完果汁牛奶，用力捏扁纸盒，里面剩下的牛奶一下子飞溅出来，弄脏了我的右手。

“修二……你说……我真的能变成一个人见人爱的家伙吗？反正……我从来没交到过朋友，不管去哪儿都没人理睬，就算什么都不做还是一样被人欺负……我……”

唉，又开始说丧气话了，你还真是……原本包装这种事情就不需要你有什么潜质。正因为没有所以才要包装。连这个都想不通……算了，跟你说了也是白说。总之现在先用这招吧。

“难道我不算你的朋友吗？”

虽然这招有点卑鄙，不过这时候只能靠这个了。

“修二……”

就算说出来的是谎言，就算自己心里根本不这么想，但只要表情和语气配合到位，语言就可以骗过对方，而将彼此连接起来。

“不只是我，还有森川和堀内也一样。也许这么说那两个家伙会生气，但就连真中和武山都注意到你的存在，和你说话，跟你一起打发时光。这不算朋友，那又算什么呢？当然，你也确实付出了一定的代价，剃了光头，为他们花钱，每天还要被人当笑料。有时候你也会恨我吧？”

“没有，怎么会……”从野猪的表情来看，果然被我说中了。

“肯定有的。就算你会恨我也不奇怪。但我真的不希望看到你完全放弃人生中的各种可能性，然后就这样从来没有被人重视过、从来没有站在聚光灯下被人注目过地过完一辈子。我希望让你知道，什么命运、星座都是些骗人的鬼话。无论是谁，都有机会变成主角。我不是说什么‘每个人都是自己人生舞台的主角’这种安慰人的话，而是说变成一个真真正正的主角。”

我原本还想再加一句：“就像那个知名艺人锦野旦一样。”但突然发现自己刚才说出了难得一遇的名言，于是选择沉默。

不知道是不是最后沉默的效力，野猪被我说得闪出了泪光，用一种再明确不过的方式表达他的感动：“修二，我，就跟着你了。永远跟着你，相信你，你说什么我做什么！请把我……打造成一个超级明星吧！”

“包在我身上了。”我也在眼里挤出一点泪花。

这次的演技可以拿九十五分：感动流泪的制作人和艺人举杯共饮。对心有疑虑的野猪而言，这将成为他强有力的精神支柱。

经过第二节整整一堂课的思考，我决定还是把作战时间定在全班同学都必定会齐聚一堂的上课时间，就让野猪站到讲台上，在众人面前绷开裤子。能够让这个破天荒的作战计划顺利实施而又不让别人怀疑的……就只有数学课上去解数学题的时候！如果是一道难题，那么写着写着就会自然而然地需要写到黑板下方，这正是分开两腿的好机会！只不过需要注意的是，数学课一般谁都不会主动举手，所以如果自己举手去解题，那么还是有很小的概率会被人看穿这是预谋。当然一般情况下大家都会认为，这个世界上不会有人笨到故意撕破自己的裤子来献丑。但为了以防万一，还是谨慎点比较好。

既然如此，那只能利用数学老师的变态嗜好了。那家伙总是会把当天最难的题目留给学号和当天日期相同的学生，也就是他所谓的“本日幸运号码”。当然这种变态的方式也造成了一种非常不公平的局面，由于本班共有四十号人，因此学号三十二号以后的家伙就可以高枕无忧。不过话说回来，也只有那些把高二数学当作难题的笨蛋，才会为这种事情心烦。

野猪姓小谷，根据日语假名顺序学号比较靠前，排在十号。今天是二月三号，所以我决定在一星期后，也就是二月十号的第四节数学课上实施计划。虽然对于那天的题目会不会难到解不开、野猪会不会因为吃坏肚子什么的请假休息，或者计划会不会出现意外，我也完全没有把握，但不知为何，这时的我就是不可思议地充满了自信，认为所有事情都会按我的设想进行的。一定会成功的！这种毫无根据的自信，只有投身其中的人才能领会。

不可能在阴沟里翻船，我现在正一帆风顺呢！

行动前一天，我把野猪叫到家里，帮他撕破裤子再缝起来，顺便确认一下行动的步骤。虽然我只是用最简单的平针随便缝了一下，但没想到接缝处竟然毫无破绽，不禁让我佩服起自己，原来在缝纫方面也颇有天赋。

接下去唯一需要担心的就是，题目会不会太难，让野猪完全不知道从哪儿下手。不过幸好这是一头“有战斗力的猪”，所以我也无需为他补课。

最后，我为他总结了一下行动要点：第一，要破得自然（万一没破也不要在原地站起来又蹲下去，做出奇怪的举动）；第二，裂开的瞬间要僵在原地不动（这样能增加戏剧效果）；第三，大家笑出声的同时，要装作很害臊的样子用手遮住屁股（条件反射似的动作最不会让人起疑）；第四，要记得穿上今天刚买的粉红色短裤（这纯粹是我的个人爱好）。再三叮嘱完之后，我对野猪说了声“明天见”，就放他回家了。

行动当天，直到第四节数学课前，野猪都在尽量避免大动作，下课时也只是坐在椅子上。而我则负责没话找话，全力阻止森川他们把野猪拉去小卖部或者厕所。可以说，我是寸步不离左右地保护野猪，等待时机的到来。在我的努力下，第四节课的铃声终于响起，实施作战计划的时刻就在眼前了。

黑板上出现了一串复杂的数学式。这就是今天最难的一题。写完题目后，数学老师微微一笑，说出我等待已久的话。

“嗯……今天的幸运号码是……十号……小谷，到前面来。”

野猪同学，在叫你哦！

我听到身后传来椅子慢慢挪动的声音，接着就看到野猪踩着小碎步从我身边经过，向讲台走去。

好！野猪，上！

我在心里对着野猪的背影加油鼓劲。他走路的样子极不自然，就像只愣头愣脑的企鹅。不过也许多亏这种企鹅步法，在他走上讲台时，裤子依旧安然无恙。平安抵达讲台的野猪终于手拿粉笔站到问题前，他停了一会儿便开始解题。

随着粉笔灰不断落下，混杂着符号和数字的方程式一点点地浮现在黑板上。第二行，野猪写了个等号，没有停笔。了不起，野猪！第三行，大腿微微分开，放低身体。GO！GO！第四行，方程变得简单起来。啊，混蛋！快点破！快破呀！第五……刺啦！啊——粉红色的裤裤，你好……噗——二、二连发？！

野猪的裤子裂开一道大口子，再加上计划外的响屁，班里顿时鸦雀无声，但随即整个教室就被卷入笑的旋涡。哇哈哈哈哈哈！原来野猪还藏了这么一手！对于他的超水平发挥，我报之以赞赏的笑声。

不知是不是放屁的原因，野猪有点无地自容，拼命用双手遮住臀部。干得好！这可是名副其实的"印象深刻的搞笑事件"，就连那些总是轻蔑地看着他的女生也笑了出来。真是个奇迹！一个天大的奇迹！

在经受过笑声的洗礼后，野猪一手捂着屁股一手解完方程式，然后在尚未平息的笑声中走回座位。我转过身看着野猪，笑着拍拍他的肩膀。野猪的脸红得像只猴子屁股，但眼底却透出一种完成任务后的喜悦。没错，你做到了！还做得很棒！

连我这个制作人都对野猪放出的必杀绝技甚感意外，全班同学则无一遗漏地获得一份再好不过的大礼，大到足以当作饭后甜点来打发整个午休时间。而我在去和真理子共进午餐的路上，更是随处都能听到野猪的名字。至于当事人野猪同学，则换上体育课用的运动裤和森川他们去了食堂。不过那身校服外套加运动裤的奇妙搭配，让人不禁怀疑他是不是尿裤子了。

在和真理子吃饭时，野猪也成了主要的话题。当然造成这一状况的主谋是我，但作为班里的一分子，我也必须作出适当的反应，拿来当作笑料。就算真理子是个守口如瓶的人，我也不打算向她暴露我的地下制作人身份。

“真想不到，那头猪居然还藏着这么个绝招。”我说着把一口水煮小松菜放入嘴里嚼起来。

“什么绝招？（笑）他又不是故意的。”

“不一定，说不定就是存心的。比如事先割破裤子什么的。”

呵呵，其实是我割的。

“怎么会……小谷那时候脸通红的……你不要再笑人家了，很可怜的。”

“能笑的时候就一定要笑！再说多笑笑还有益健康呢。不过，你不也笑了吗？”

突然真理子从我身上移开目光，转头注视着教室深处的那扇小门。

“怎么了？”我问道。

“好像听到喀嗒一声，”她说着转回身子，跟我道歉，“不好意思，打断你说话。”

“平时都没人会来这儿，除了那头野猪偶尔会来。”

听我这么一说，真理子低下头：“嗯……小谷……偶尔是会跑过来的。”

这种欲言又止的态度算什么?

“你不希望他来？”我用筷子夹起便当里的绿色装饰叶片放到盒盖上，装作漫不经心地问道。

“也不是……不希望……”

又来了。又是那种女人的眼神，就好像我是只属于你一个人的私人物品。这算什么？不希望别人打扰我们的二人世界？这种关系对我来说太沉重了。

“那我去写张纸贴在门上，就说‘谢绝猪类’，成不？”

“又来了（笑）……太过分了啦。”

由我一手策划的笑声回荡在安静的教室里。我们之间的关系，再一次在这种刻意制造出的玩笑下，变得淡漠而又暧昧起来。其实只要我愿意，我完全不用费力地保持这种暧昧，只需要直接对她说：“我们又没在交往，你算我什么人？”相信如果把话说到这个分上，那我也就不用再忍受她那女人的眼神了。

但这样一来，我就会失去一切。真理子、便当，还有午餐时间，一切都将不复存在。这就跟暖炉一样，靠得太近会太热，离得太远又太冷，保持适中的距离，温度也会适中。我只想保持这样的距离，待在原地，难道这也很不应该吗？

最初“裤子开裂大作战”只是想消除班里男生对野猪的戒备，但不知何时竟被我演变成“印象深刻的搞笑事件”。坦白说，到最后我所想的只是满足自己压抑不住的个人欲望：想不顾后果地把自己的点子付诸行动，想让那头猪在众人面前绷开裤子，想痛痛快快地大笑一场。

不过就结果来说，森川和堀内却因此越来越喜欢野猪，三人的关系也日益亲密，他们甚至跟他开玩笑说：“没想到你嘴巴和屁股都会哼哼叫啊。”现在，真中和武山已被成功收服，所以无论野猪多么受欢迎都不会有人觉得不爽。包装策划到这一步，总算是没有任何缺憾地可以宣告成功了。

为回报野猪的精彩表演，我召集了一些平日里交情不错的男生，打算为野猪举办一次联谊活动。为给本次联谊锦上添花，我甚至冒着被拒绝的危险邀请美笑，她竟爽快地答应了。

集合出发时，我召集的四个男生和一个自己送上门的家伙，还有美笑和她的“套餐搭档”佳苗以及佳苗带来的另外两个同班女生，再加上森川、堀内、野猪、我，竟发展成了一支十三人的大部队。

不过最让我意外的是，在汇合的地方，不论男女一看到野猪都高兴地大叫：“野猪来了！”受宠若惊的野猪，虽然还是和从前一样不知所措，但看起来连这种畏首畏尾的动作都享受到了截然不同的待遇。

有些东西已经发生质变，我切切实实地看到了包装改造的成果。

“那我们走吧！”我招呼着大部队成员，走进一幢竖着一只巨型保龄球瓶的建筑。

砰！咣当！唰——补中！

在隔壁球道上，堀内兴奋地要求队友跟他击掌欢庆。那家伙不管干吗，总是很会自娱自乐。不愧是“超级冲锋队长”，带动气氛的任务就拜托你啦！

而坐在我身边的美笑，正在拼命推脱缠着要跟她喝一杯的森川，并用眼神向我求助。可惜我现在没空管这些闲事，只顾盯着对面的野猪，他正红着脸和身边的女生有说有笑。太棒了，野猪！你现在可是在跟女生聊天啊！我对自己的保龄球得分以及制作人的业绩都相当满意。

“修二！”美笑对森川的骚扰终于忍无可忍，叫了我一声。

我说森川啊　不是跟你说了嘛　她看不上你

我出口成章，在心里冒出首俳句。状态果然不错！

屏幕上显示出一行小字：“修二先生，请投球。”我站起身，把美笑拉到我的座位上，用手指轻轻戳了森川一下。森川顺势向后倒了倒，傻笑着把目标转移到对面的女生身上。

姑且让你笑 等野猪交上女友 看谁笑到最后

又来一首，状态极佳！

我选了只十二磅的球，把手指插进洞，瞄准远处的瓶子。

不就几只死瓶子嘛，放倒你们不在话下！

我稍稍弯膝，开始助跑。

现在野猪可是一流明星！看你还敢小看我的改造计划，淳君！

咣当！

在尽情嬉笑玩乐之后，我们一行人浩浩荡荡地拥进一家餐厅。等大家逐一点完东西，我用脚碰了碰身旁的野猪，向他发出信号。接着野猪从书包里掏出一只半路上偷偷买来的三明治，高喊一声“我可等不及了哈”，开始大嚼起来。

“野猪最好玩了！”女生们忍不住笑起来。

要用细节为野猪加分。照现在的情况看，吃完这顿饭回家的时候，这群人都将成为我们的囊中之物。看来需要好多饭盒打包才行。

“说起来，野猪还真是变了个人一样。”我开始进入角色，把话题诱导到野猪身上。

那个身穿黑色迷你裙的辣妹首先上钩了：“不好意思，野猪，说了你别生气啊。你刚来班里的时候，我第一反应就是，这种人肯定不能交往。”

“那时候还是香菇头吧？”堀内笑着问。

“还是光头适合你，看现在多可爱。对了，粉红色的裤裤也很可爱哦，对吧？”那位穿着暴露、大冬天胸口还露出一大片的辣妹二号，歪着头征求野猪的同意。

这时我突然插嘴：“那不是短裤，是皮肤，对吧？”说着也学她的样子歪过头，故作可爱地问野猪。

“当然是短裤哈！”

“哪里有那么粉嫩鲜艳的猪啊？”（笑）

野猪的反应和堀内的插话惹得大伙哄堂大笑。

“那时候野猪的脸通红通红的吧？校裤怎么这么容易就破了呢……你是不是该考虑减减肥了？”

“裤子也就算了，那个响屁才叫经典。（笑）简直就是搞笑大仙降临人世。”堀内对野猪的表演赞不绝口。

我接过他的话，继续说：“我那时都没反应过来那声‘噗——’是怎么回事，还以为野猪叫出声了呢。”

“哈哈哈哈！”

纯粹出于厌恶的嘲笑，和带着善意的玩笑，是截然不同的。说得简单点，“那个家伙真恶心”和“你好恶心啊”，两者的意思有着天壤之别。能够当面和你开玩笑、嘲讽你的人，一定在某种程度上对你有些好感，也就是说他根本不想真的伤害你。由此看来，野猪的丑角形象已经在班里生根发芽。

现在我们必须借助这阵风，让“野猪＝小丑”的等式深入到全班人心里。在这个过程中，其他班的家伙也多少会有所耳闻。要让全年级的学生都知道野猪这个人，并把他和丑角的定位联系起来，最好大家都能把他当成一个吉祥物，给人以绝对的安全感。在搞定这些后，我们就可以进入下一阶段了。

用餐和闲谈都告一段落，大家开始点甜品。这时突然发现，身边的客人早已换了面孔，人数也明显少了许多。不知道是不是心理作用，总觉得只要和女生在一起，不管开不开心，时间总会过得飞快。

“对了对了，野猪啊，你有没有心上人？”

“我也想知道！”

我不禁怀疑，再过几年这种八卦女生就能长成爱嚼舌根的老阿姨吧……不过对于这个问题，我也有兴趣。

“你不会超越种族，喜欢一头牛吧？这样可不行，一定要同种交配。”

“森川快闭嘴！我可是很认真地在问野猪的！”

惨遭辣妹一顿臭骂的森川，眼看着泄了气。

“野猪，难道还没有？”

对于辣妹的步步紧逼，野猪显得犹豫不决。那女生的脸都快贴到野猪脸上了。

“啊？这个……其实……有是有……但是……”

喂喂？原来真有啊？

“哇！真的有啊？是谁？哪一个？同班的？”

好，快说来听听！我来帮你策划策划，撮合这段姻缘。

“这个……在这里……不太好说。”

“那在哪里才好说啊？！我们保证不说出去，快说吧！”

在大伙的追问下，野猪的身体越缩越小。

“绝对为你保密，大家都发誓哦？”

围在一边等着听八卦的人开始猛点头。

这群家伙绝对会说出去，就算往他们嘴里塞进一整只橘子也一定会说。

“就算你们发誓也……其实……不是怕你们说出去……”

不知为何，野猪一直在偷瞄我。

什么意思？不用等制作人的指示吧？想说就说！这可是你的自由！

“修二，我说了你千万不要生气哈？”

“我为什么要生气？”

这头笨猪！不要说这么奇怪的话！快给我说！

“是铃……铃原真理子。”

真理子？

“啊！真理子？”

大家的目光同时集中到我身上。

“那岂不是说，真理子也是头猪？”

“不是的！”（笑）野猪反应之快，让大家再次大笑起来。

我好不容易稳住阵脚，保持常态。

“原来是真理子……她确实很可爱，只可惜已经名花有主，是修二的女朋友了……”

野猪喜欢真理子？

“全年级的男生都已经放弃啦。记得一年级的时候，真理子还是很多人的梦中情人呢。”

说起来，好像上次野猪和我们一起吃午饭的时候就有点迹象了……

“我以前也喜欢她……结果竟被这家伙霸占了！死修二！”

要不要撮合这段恋情？

“你和真理子每天中午都在一起吃她亲手做的便当吧？真幸福！”

“嘿嘿。”我搔搔头，故作害羞地笑了笑。

这段恋情，到底怎么办？

高二的生活只剩一个半月了，野猪的小丑角色已经深入人心。托上次打保龄球的福，原本还隔着堵墙的女生们，也以美笑为中心慢慢地解除了武装，甚至连以前非常讨厌野猪的奈美都会主动跟野猪说“早上好”。

最近，野猪的人气更是直线上升，我和他走在一起，大家都会先和他打招呼、开玩笑。看来三个月前曾一度变成空气的少年，现在已经改头换面了。

我仍然尽可能地帮野猪说话，在他身边制造笑声。把野猪当作小丑取笑他，这往往会让人产生快乐的错觉，同时也在不知不觉中给所有人带来安全感和优越感。就这样，野猪的名字在年级里也开始响亮起来。

当然与此同时，野猪喜欢真理子这件事也一样成了全年级瞩目的话题。我相信，在野猪吐露心声的第二天，这个消息就已经传遍本班的各个角落。真理子本人恐怕早已听到什么闲言碎语了，不知是不是因为害羞，她从来没有提起过野猪，不过我很想知道她的想法。

考试前一天，我被奈美拉着短信聊天聊到半夜，结果第二天早上彻底睡过了头，连发型都来不及整就匆匆忙忙地冲出了家门。快到学校时，我开始调整呼吸，总算在上课铃响前坐到了位子上。

考试迟到的话，有时甚至会被取消考试资格，幸好今天赶得及时，连考前交流会都没错过。大家又按照惯例开始猜题，然后互相重复着“完了完了”、“根本考不出来”、“完全没复习”之类的话，给自己留条后路。

到底是考试的日子，连那位必定晚到五分钟的中年大叔也准时走进了教室，手里抱着一只装有试卷的 A4 纸大小的土黄色信封。在我们按学号重新换好座位后，第一科数学考试开始了。

我漫不经心地解着题，手中的铅笔甚至都不曾停下。和制作人的工作相比，这些题目简直是小菜一碟，完全不用动脑子。

真无聊。居然要把精力浪费在这张破纸上！果然只有在面对活生生的人时，才能激起我的干劲。我还有正经事要做，没工夫陪你们玩这些小儿科的游戏。

我写完最后一题的答案，放下笔，叹了口气，随即闭上双眼。

老师，完成了。虽然没检查，但九十五分是没问题的，这就够了。

把答题栏填满后还剩十五分钟，我决定小睡一会儿。因为不想让脸碰到肮脏的课桌，我将额头枕在右手臂上，准备打个小盹。但无意中发现，从手臂和身体之间正好可以看到坐在斜后方的真理子的腿。那双腿被包裹在设计素雅的泡泡袜里，脚上套着一双黑色的休闲便鞋。两条小腿修长而又恰到好处，看起来很是赏心悦目。突然，那双黑色便鞋的脚尖右、左、右、左地打起了拍子。

真理子也在无聊？她也做完了？不过她的成绩一直都不错。反正闲着，不如给她送个暗号。

我悄悄把左手放到右腿上，左右摇了两下。这时，那双打拍子的小脚也随即停下，只有左脚左右摇晃起来。我不由自主地笑出来，但马上开始讨厌自己，用力闭上眼睛。

我到底在干吗？居然跟她玩这种私密游戏！

交卷的铃声过后，教室里响起一片惨叫和嘈杂的谈话声。由于被这种令人不快的方式吵醒，我不禁皱起了眉头。把试卷归到一起折好后，我一边舒展颈部筋骨一边站起身。必须要换换心情。如果继续留在这里，一定会不断想起刚才那无聊的游戏。于是我头也不回地走出了教室。

屋顶的风声比平时都大。最近这个“绝密场所”不知是不是在某本休闲杂志上露过脸，有时来晚一步，就会被出双入对的情侣或乳臭未干的一年级小鬼捷足先登。不过，今天倒是空无一人。

废话！现在可是考试的中场休息，大家都在经受煎熬，垂死挣扎呢。

比起其他季节，冬季的天空看起来似乎有些狭窄。云层一边变换着形状一边匆匆赶路。

我究竟喜不喜欢真理子，连我自己都不清楚。迄今为止，因为和真理子交往能得到周围人的羡慕，这让我感觉很舒服，所以才假装如此。但这纯粹是面子问题。我自己身体里的某个地方似乎也知道这样做不好。但说实话，什么样的感觉算是“喜欢”，我自己都不太确定。像刚才那样，不由自主地笑出来，算是喜欢吗？又或者两个人总待在一起也不感到厌倦，算是喜欢？那么下半身情不自禁地鼓起来，也能算是喜欢的表现之一吗？

像现在这样就足够了，我这样以为。只要维持现在的关系，就什么都不会失去。了解太深只会伤害彼此，太过疏远又会失去一切，这两者都不是我想要的。我既不希望真理子靠近，也不希望她远离。反正还没到非做决定不可的地步，所以像现在这样就好，像现在这样就足够了。

考试结束后，和堀内他们闲聊了一会儿决定回家。下楼走到教学楼门口时，正好撞上了正在和其他女生聊天的真理子。她看到我也不吃惊，只是用一种淡淡的口吻问我："回家吗？"就好像从一开始就知道会遇见我一般。我避开她的视线，回了一声"嗯"。正和她聊天的女生有些过分知趣地扔下一句"那我先走了，明天见"，然后跑上了楼梯。

现在只剩下我们俩了。那双清澈的大眼睛像往常一样看着我，但我自己知道，我的心正变得飘忽不定。

可恶！

我用两只手死命地拉住快掉下来的玩偶装的头套，从脖子缝隙间射入的光线被慢慢切断，我眼前终于又恢复了黑暗。

"亲爱的真理子同学也回家吗？"

"嗯。"

"太好了！一起走吧。"

"嗯……"

"我其实一直躲在那儿等着呢，就在那个楼梯转角。心脏一边怦怦怦地跳，一边想着真理子会不会来呀。看到真理子的时候，心都快飞过嘴巴，从鼻子里跳出来了。快看快看，有根血管大概已经跑出来了。"

我指着鼻子让真理子看，她笑了，但总觉得那笑容有些异样。

大楼外显得很阴暗，我斜过脑袋望着天空，走出了教学楼。深灰色的云层让天空看起来很有压迫感。

“好像要变天了。”我略带不满地瞪了眼天空。

“会不会下雨啊……”真理子一脸担心地回应道。

我们走过一块写着“请自行清理爱犬粪便”的脏兮兮的告示牌，进入一片市立运动场。真理子的家正好在运动场对面，斜穿过去可以省下一小段路。

这片运动场足够同时举行两场棒球赛，每到假日，就会有一群胖乎乎的中年大叔来这里挥洒汗水，消耗脂肪。运动场周围竖有铁丝网，看台上还建着个小小的屋顶。虽然今天这儿看不到一个人影，但一想到比赛时总会挤满浑身臭汗的大叔，就觉得空气中隐约传来了一股异味。

平日在阳光的照耀下，运动场会变成一片亮白，让人头晕目眩，但今天沙地已被厚厚的云层染上了一抹蓝色。

“对了，你听说野猪的事了吧？”

“嗯。”

我故意问得很暧昧，但真理子似乎听懂了。

“觉得讨厌吗？”

“怎么会……讨厌的感觉是一点都没有的，而且野猪最近也变开朗了……怎么说呢……虽然不讨厌，但我……”

由于对话开始往我不希望看到的方向发展，我故意插进一句“像要下雨……”然后抬头看看乌云密布的天空。真理子很听话地落入了圈套，回答说：“啊……好像是。”

正说着，一颗豆大的雨点正中我的头顶。紧接着，第二颗落到外套左袖的纽扣附近，在衣服上落下一个印记。然后第三颗、第四颗、第五颗，啪啪啪啪……雨点突然变得密集起来。

“啊！”我夸张地大叫一声，拉起真理子的手就跑。虽说有些为时已晚，但我们还是全速冲进了带屋顶的看台里。

“都湿透了。”

“怎么说下就下……”真理子嘀咕着从外套口袋里找出手帕。这次是一条蓝线白底的手帕。“给。”

“没事，你先用。”

“没关系的，你先用吧。”

这种推让似乎没完没了，必须设法让对话继续下去。

“没事没事。我在头上顶张餐巾纸就好了，应该能吸水的。”我边说边从口袋里掏出纸巾，抽出一张放到头上，并把真理子拿着手帕的手推回到她额头边。

真理子看着我微笑了一下，用一种妥协的口吻说：“那我一会儿就好。”于是坐在看台上，开始抹头发。

毫无征兆的滂沱大雨不断敲打着地面，气势汹汹地把运动场上的沙土击飞起来，一眨眼的工夫地上已经出现了好几个水坑。不久，积在水泥屋顶上的雨水竟然形成了一道小瀑布飞泻而下，落到看台的水泥地上，发出一阵滴答声。

“给，修二。”

我应声回头，只见真理子伸手向我递出手帕，她的长发还没完全擦干。如果再次拒绝恐怕又要没完没了了，于是我决定接受她的好意。我从头上取下湿漉漉的纸巾，接过手帕擦拭脸和脖子。但直到这时，我才猛然惊觉到一些东西。

这种状况算什么呢？

真理子两手撑在看台上，望着眼前似乎一时还停不了的大雨。她的长发果然没干，从发梢滴落的水滴掉在沥青地面上，画出一个个小圆点。

这种状况到底算什么呢？

被雨淋湿后，真理子的脸显得成熟而妩媚。在她凝视大雨的神情里藏着一种难以言表的哀伤。虽然身为高中生的我是否能感受到哀伤还是个问题，但这时我确确实实有着这样的感觉。

被打湿的灰色裙子紧紧贴在她白皙的大腿上，使得腿的轮廓隐约可见，分外诱人。我情不自禁地把目光停在那里。

下半身的膨胀是否就是喜欢呢？

真理子觉察到我的视线，用手指指雨，表情有些呆滞地笑了笑，说："一时半会停不了。"

她身上柔和的香水味迅速攻占了小小的看台。我平时都不曾注意到的味道，今天却不可思议地有着无限的吸引力，就觉得整个人都好像要被吞没似的。无论如何坚强，我的身体毕竟是一个十七岁的健康少年。现在我只想越过那道线，让我和真理子的关系更进一步。

"修二？……站在那里会淋湿的，过来吧。"

这算什么？引诱？

面对沉默不语的我，真理子有些吃惊，她一言不发地看着我的眼睛。

"修二？"

就是这种眼神。这种眼神能把我的假面掀开。

"我说你站那儿会淋湿的。"

在我感到真理子的手触碰到我的手时，我一下子甩开了它。

"怎么了，修二？"真理子显然被我的举动吓到了，看着我问道。

我根本不喜欢你，别想闯进我的世界。你算我什么人？你又懂我什么呢？

玩偶装的头套再次合紧，切断仅有的一丝缝隙。现在里面又漆黑一片了。

"对不起，对不起，一下子呆住了，结果被你吓了一跳。手帕，谢谢了。我洗干净再还你吧？”我挥着手帕问真理子。

“不用……没关系。都擦干了？”

“人家可不想把妆都抹掉，所以没怎么擦啦。我的睫毛膏没花吧？”我故意用手指摸摸上眼睑，真理子又笑了一下。

但这个笑容是否还和刚才一样有些异样，我已分不清楚。

改造计划终于要进入最终阶段了。我按惯例把野猪叫上屋顶开会，不过今天没买饮料。开会前，野猪似乎刚和其他班的男生切磋完武艺，结果对方使出一招从昨天电视摔跤比赛中现学现卖的绝招，害得他不停地抱怨手疼脖子疼。

“怎么样？感觉如何？”

“什么感觉如何？”野猪揉着脖子反问我。

“当然是对‘现在的你’感觉如何。不是已经很受欢迎了吗？”

“对哦，现在想想以前被人冷落的事，就像做梦一样。”

“那感觉怎么样呢？受人欢迎开心吗？”

“当然开心哈。这两天连女孩子都会来搭理我，男生还会拉我一起玩，这种感觉太开心了……”

“是吗？那太好了。那么改造计划也可以结束了吧？”

“啊？”由于太过突然，野猪的表情一下子僵住了，“结……结束哈？”

看着野猪意料之中的反应，我满意地笑了笑，然后凝视着那双透出怯懦的眼睛。

“听我说，今后还要不要继续全凭你决定。”

“啊？我决定？”

“对，你决定！”我毫无意义地加大音量，同时指着野猪。

突然被人指着鼻子的野猪显得有点胆怯，而我却乐在其中。

“相信你也感觉到了，改造计划非常成功，你只要继续扮演丑角，那接下去的一年也会混得很好……从很多种意义上说，你都能和别人打成一片，受人喜爱，开开心心地过上每一天。反正人见人爱也就这么回事，只要上了轨道就万事大吉了。”

听完我这番话，野猪终于明白现今的成果并不会就此消失，脸上的表情缓和下来。

“不过，野猪同学，好的方面刚才都说了，但你也不可大意。你的人气都是制造出来的幻觉，就像电影《小猪巴比》里的那头猪一样，一旦走错一步就只是一头普普通通的猪。因为你根本没什么内涵，所以升得快摔得也快，就是一转眼的工夫，”我突然觉得这些话像在说我自己，于是决定转换话题，“所以呢……如果你还想更上一层楼，做个名副其实的明星，也不是没有办法。”

“啊？也不是没有……”

野猪认认真真地跟着我的话绕起圈子，让我觉得逗他真是很有意思的一件事。

“那个……这是肯定的意思哈？”

我忽略野猪的问题，开始为他解释："你现在必须忍受身为小丑不得不忍受的痛苦，比如被人拿来练摔跤绝招，或者被当作笑柄，最惨的是就算你不想笑也还是必须要笑，我说得没错吧？"

野猪开始很有共鸣地使劲点头，也不知他是不是真的明白。

"归根结底，这是因为大家都没把你放在眼里，所有人都在小看你。不过这也是我们改造计划的必然结果。但如果想办法把这些一扫而空，你觉得怎么样？"

"真的可以吗？"野猪激动的声音响彻整个屋顶，连我都吓了一跳。

"应该可以哈，野猪同学。不过具体应该怎么转型我还没把握。"我歪着头显得愁眉苦脸。

野猪兴致勃勃地发问道："那到底要转成什么样呢？"

我直视着野猪的眼睛分析起来："之所以被人小看是因为你从不反抗。当然对你来说，反抗就相当于自杀，会把现在取得的成果全部砸得粉碎。所——以——呢，你必须让别人意识到，你表面单纯但其实很强，平时虽然是头傻兮兮的猪，但该出手的时候也毫不手软。"

"那怎么才能让别人意识到呢？"

"先等等，这办法如果弄得不巧，也可能会让大家都很怕你，那我们好不容易创造出的完美形象也就会出现裂痕。最好的结果就是让人觉得，野猪也挺有能耐的。但事情会不会这么顺利那就……"

由于至今为止总是自信满满的我竟然也变得举棋不定，野猪不禁对这项计划犹豫不决起来。真的要做其实很简单，但目前的业绩已经相当喜人，究竟值不值得背上风险更进一步，我也考虑了良久，可始终没有答案。就好比打扑克的时候，手里拿到一组不小的“葫芦”①，却在犹豫着是不是应该扔掉一对，等个“四张”。

“做……做做看吧。”野猪猛然抓起我的手，让我吃了一惊。

“真……真的要做？”我不安地问。

野猪的眼中放出光芒，竟有些耀眼：“做吧，没关系。因为修二是个天才。绝对会成功的！”

有时艺人的满腔热情也会帮助制作人做出决定。

就是嘛，不能这么软弱。制作人当然要把自己的艺人培养成一流的明星！

于是我下定了决心。

为钓到一个可爱美眉，先花钱雇个小流氓跟她搭讪，然后在危急关头自己登场，大喝一声“住手”，冲上前砰砰几拳：“给我记住了！”最后当然不忘回转身关心一句：“没受伤吧？”像这种狡猾的英雄救美估计在日本还是经久不衰的，虽然有点老掉牙，却是最有效的招数。我三思之后决定姑且借来用用。不知是哪位高人最先想出这种损招，作为骗人的晚辈，我不得不向他老人家表达一下敬意。不过

① full house，指三张同号牌加一对同号牌。

相信在全日本，使用这招骗取人气的应该不多吧。

接下来必须要为本次作战物色一位关键角色——愿意为钱配合我们演一场好戏的小混混，或者说表面上的小混混。但由于再怎么说也不该让我这位制作人自掏腰包，而且我也不想低声下气去求别人，所以最后决定在路上现找一个挑衅一下，让对方自己送上门来。

当然对野猪讲解计划时，我会说流氓是花钱雇来的，所以说穿了，知道整个计划的就只有我一个人。所谓兵不厌诈，骗敌先骗友嘛。更何况，最重要的是要唤醒野猪身上的战斗本能，改掉他遇事先退缩的本性。至于欺骗不欺骗，倒在其次。

为给本次计划制造目击证人，我特意挑选了森川、堀内、美笑、佳苗以及奈美。考虑到这次不可能在学校这种所有同学都能亲眼见证的地方实施作战，因此必须选几个人面广、爱八卦，也就是所谓的“传声筒”来当见证人，以增强宣传效果。虽说美笑并不爱说话，但因为她和奈美一样，乍一看比较轻浮，回头率高。为增加小流氓自动找上门的概率，于是把她也一并叫上。

我打算等小流氓送上门后，就给野猪打暗号，让他好好教训对方一下，给他点颜色看看，这样也就大功告成了。至于作战场所，原本就近找个地方也未尝不可，但考虑到如果以后和那流氓撞个正着会有麻烦，最终还是决定坐车去离得较远的市中心，同时也能增加一些可供挑选的目标。

一切考虑得当，至于野猪，我就嘱咐他，到时等我一暗示，不管三七二十一直接上去怒斥两句再痛扁他们一顿。这一切准备就绪，我便向选好的证人们发出邀请：“要不要一起去市中心玩？”因为根本不存在什么雇来的小流氓，时间就比较随意，大家刚好下周日都闲着，于是就定在了那天。

仔细想想，这还真是最最轻松简单的一次计划啊，完全凭借我的脑袋和嘴巴就能顺利进行。这才是没钱的高中生制作人应有的风范！

星期日。在集合的车站前，一头野猪孤独地等待着。这一幕不禁让人联想起涩谷车站前著名的“忠犬八公”铜像，感觉如果在这儿也竖座“忠猪野猪”像作为集合地点，倒也不赖。

时值三月，春天的脚步渐渐逼近。既不用穿厚重的毛衣，三年级的毕业典礼也顺利结束，我们的身心都很放松。

身穿灰色防风外套的野猪依旧像一尊谁也拯救不了的弥勒佛似的，带着不安的表情仰望着碧蓝的天空，连我走近身边都不曾察觉到。

“不要一副不放心的嘴脸嘛。”我上前戳了野猪一下。

他苦笑道：“就……就是有点紧张……”

“放心，我的计划失败过吗？”

“是哈。我相信你，修二。”

“那就好。”

不知从何时起，我和野猪之间产生了一种特殊的信任。或许是因为我们这对另类艺人和制作人联手行骗，不免会有些连在一起的感觉。原本我与人相处都会保持适当的距离，但对野猪，我完全没有意识到这一点。

“那群家伙总算来了。”

就看到森川和堀内两个人慢悠悠地迎面走来。但这两个家伙看到我们也不加快脚步，可能是怕被风吹乱发型。堀内的样子没什么改变，但森川却顶着个刺猬头，还穿了件全新的夹克衫，估计谁见了都会嘲讽他一句：“是昨天刚买的吧？”

“嚎！”森川学着已故艺人碇矢长介的口吻打招呼，身上还飘出股甜甜的香水味。

“你这家伙打扮得太夸张了吧？”我皱着眉损他。

“可是今天奈美和美笑都要来吧？除掉真理子，那两个可是本校的两大校花啊！”森川脸上写满憧憬。

“不过佳苗也要来哦。”

“但愿她不来，但愿她不来，但愿她不来……”

“久等了。”

就在森川祈祷的同时，美笑和奈美像春天的信使般，花枝招展地现身了。和上学时那身假小子装扮不同，穿上牛仔裙配件碎花罩衫的奈美，看上去确实非常可爱，只要别开口就更完美了。虽然她身后还隐约可见一个和森川一样打扮过头的胖妹，不过我决定暂时把注意力放在奈美身上，继续我的感慨。

从陌生人的角度看，估计许多人都想问，为什么野猪会和我们一伙。身边这群人都已身中魔法，也许感觉不到什么怪异。但对旁观者而言，即使野猪剃成光头变可爱了，也依旧很扎眼。所以在车上，总有人偷偷地瞄他。说不定还有人在想，这年头怎么连猪也来坐车了？

其他人似乎都早已习惯市中心的繁华与热闹，唯有野猪每每看到平日里见不着的大型建筑或豪华游乐场时，总会显得一惊一乍的。我们都戏称他是《宝贝猪进城记》的写实版。

因为佳苗提出想逛服装店，我们一行人转入一条排满新潮服装店的小街，闲逛起来。女生一到这种地方，就顿时来了精神。我们只能跟着她们三个东看看西瞧瞧，就听她们嚷嚷着“好可爱，进去看看”“快来看这个，真可爱”“来来，那个也好可爱”“不知道能不能试穿”“好是好，可惜买不起”“那去下一家吧”……忙得不可开交。

而我在另一边也没闲着，边走边在熙熙攘攘的人群中物色目标：那家伙看上去太强，这个不行……那个怎么样？好像有点臭，算了算了……有时好不容易看到个合适的瞪一眼，或者等着他跟奈美和美笑搭讪，但总是迟迟不见反应。不知道是因为这边有四个男生，还是因为佳苗那个胖妹的存在，对方就是不愿乖乖上钩。这样下去不是办法，我趁其他人钻进一家卖进口商品的杂货店晃悠时，把野猪叫到店外。

“刚刚那人来消息说，已经到这条街了。我一看到他就给你手势，你就冲上去故意撞他一下。注意要自然点！然后记着要恶狠狠地吼：

‘走路不长眼啊！’来，说一遍试试。”

“走路不长眼啊！”

“很好，明白了吗？”

野猪很紧张地回答“明白”，看上去似乎已准备就绪。

被售货员的假意奉承哄得心花怒放的佳苗，最终买下一条紧绷在腿上的裤子。她穿上身的效果，说实话，真的不敢恭维。

就在我们走出商店继续向前的时候，人群中迎面走来一个看起来很猥琐的家伙。那条裤子松松垮垮地挂在腰间，鲜艳的红色外套分外扎眼，脖子里还吊着条粗粗的银色链子。

这不就是个典型的小流氓吗？！

“野猪，”我凑到他身旁，在他耳边小声说，“就是那家伙，我雇来的。看到左边那个穿红外套的没？”

“是那个哈？”野猪也低声确认。

“看准再撞哦。”

“好。”

接获我的指示后，野猪开始脱离大部队，往左靠，慢慢接近那个家伙。

“快看，那家店还不错。”为给野猪不自然的举动打掩护，我故意把其他人的视线吸引到另一边。

“那家啊，太贵了啦！”

“是吗？”

野猪和那家伙的距离越缩越短。

还差一点……一点……就是现在！野猪，快撞！

砰！

野猪一时忘了自己巨大的体形，用尽全力猛撞上去。随着一声巨响，那小流氓的身体飞出了好远，碰上路边的一只大垃圾箱。

“对……对不起！那……那个……你没事吧？”野猪被眼前的景象吓傻了，不由自主地跑上前。

看着他的反应，我觉得这下完了。

“痛……痛死老子了！你这混蛋想干吗？”那小流氓揉揉脑袋，恶狠狠地瞪着野猪。

这可怎么办？！都泡汤了！

可突然，一秒钟前还慌慌张张、不知所措的野猪像猛然想起什么似的，一把抓住那家伙的领口。

不……不会吧？

“走……走路不长眼啊你！”

天哪……你不都道歉了吗？

面对这种不可理喻的状况，我忍不住用手遮住眼睛。真失败！我已经完全没想法了。

“野猪，快跑！”森川大叫一声，拉起野猪的手拔腿就跑。

这时我才发现，堀内已经带着奈美几个跑出老远，可能是考虑到女生们穿着高跟凉鞋，于是先走一步。

可恶，没别的办法了！

“修二！”森川的大嗓门回荡在小街上，我无可奈何地跟着跑了起来。

那小流氓可能背部惨遭重创，坐在那儿爬不起来，只听他嘴里嘟囔着“给我站住”，一副半死不活的悲惨模样。

“吓死我了，没追过来吧？”

“嗯……好像没事。”

我们喘着粗气，冲进一家百货商场一楼的休息区。穿着高跟鞋亡命的美笑，坐在椅子上对我哭诉脚痛，似乎脚跟的地方被磨得不轻。

“你是猪脑子啊？（笑）撞到别人都道过歉了，居然还上去找打……你到底想干吗？”

“对……对不起。”被堀内拍着头骂了两句，野猪垂下了头。

“不过你这家伙真好玩，都道过歉了还……”（笑）

虽然我也很想痛扁野猪一顿，但因为大家都在场，所以只好一笑带过。

女生的购物还没尽兴，但刚才那条街是回不去了，我们几个男人只好在她们的责难下逛起百货商场。在离购物街有段距离的地方，我们发现一家大型电子游戏厅，于是决定进去发泄一下，最后拍了张大头贴留念，返回车站。

买车票前，我谎称和野猪一起上厕所，拉着他到洗手间去开个简短的反省会。

“对不起。”

“这次可不需要什么印象深刻的搞笑！”

“我一下子昏了头，不知该干吗……真的对不起。”野猪低下头。

虽然我表情上故作严肃，但心里在发笑。其实只要好玩，我什么都可以原谅。

“算了。反正还有机会。这次也挺好玩的。下次想个别的办法再重头来过……”

我正说着，看到堀内朝我们走来，于是迅速把后面的话吞回肚里，小声说了一句“反正还有下次”，算是结尾。

可能大家都玩累了，一伙人全在车上打起盹来。我也很想小睡一会儿，但身边的美笑说个没完，只好硬撑着应付她。

在我们斜前方的车门前，站着一个穿了眉环的老兄，正目不转睛地凝视着自己映在车门玻璃上的身影。对现实社会期望太大，最终难免会变成那样堕落下去。

美笑看着他，略带撒娇地小声冒出一句“真可怕”，然后拉住我的胳膊靠上来。

喂喂！不要用这种狡猾的招数！

就在这时，那位老兄竟开始用头敲起车门，发出一阵响声，惹得周围的人都忍不住偷偷瞥他，那眼神好像在说：“这家伙干吗呢？”

美笑也笑着小声问我：“他在那儿做什么呀？”（笑）

“不会在挑战吉尼斯世界纪录吧？”我小声反问她。

美笑屏着气偷笑起来：“什么纪录？”

“不就是……看看一站路之间到底能撞多少下头吗？”（笑）我边说边和美笑低声窃笑起来。

到站后，我叫醒大家下车。在跟着人群走向检票口时，我突然想不起把车票塞哪儿了，于是停下脚步逐一搜查每个口袋。眼看着落下一大截的时候，我终于在放零钱的小包里找到了车票，松了口气，正想抬脚追上大伙，突然感到自己的手臂被人一把抓住。

回头一看，刚才车上那位穿眉环的老兄直挺挺地站在眼前。

糟了！

“你小子刚刚在车上笑我吧？”那位老兄用他那凶神恶煞的眼睛死盯着我，这声音分明是动怒了。

“我看起来像在笑你吗？”

谁让你自己要挑战吉尼斯的！

“少装蒜！”

在我做好心理准备之前，那位老兄已使尽浑身力气，一拳打在我的脸颊上。我不禁后退两步，坐倒在地。

周围的女人发出一阵尖叫，我们俩顿时成为全场瞩目的焦点。

森川他们估计也已注意到。为保住自己的形象，我今天必须就地解决这家伙。不过刚才那拳也够狠的，说实话我真的差点趴下。

“你这混蛋……刚才那拳犯规。”

“你说什么？”那老兄抓起我领口，握紧拳头。

可恶！为什么只有我挨打？！

为扳回劣势，我正想做做小人，踢他胯下，可那位仁兄却突然从我眼前飞了出去，消失了。我抬起头，只见野猪正摆着个擒拿姿势，定在原地。

“野猪？”

野猪看了看被他抱起甩飞、在光亮的地板上滑出五米开外的老兄，走到我身边蹲下来小声抱怨道：“我说修二！暗号也要让我看得懂啊！就算是作战计划，我反应过来也要时间的哈！”

“作战计划？”我满腹狐疑地看着他。

“你刚刚不是说‘反正还有下次’吗？”

对了，我好像说过。

我马上恢复镇定：“我说你啊，跑上来就把人家甩出去，也太夸张了吧？这回又得跑了……”我说着站起身，拍拍裤子。

“啊……对不起。那我们快跑哈！”

我和野猪边跑边冲前面的人喊：“快跑！”就听他们发出一片“又要跑……”的叹息。

虽然本次作战曾一度失败，但托野猪误打误撞的福，最终仍然圆满成功。

亡命途中，大家都纷纷拍着野猪的脑袋表扬他："野猪，你还挺有能耐的嘛！"

虽说目标稍有差错，但这计划毫无疑问算是成功了。

野猪带着心满意足的表情冲我微微一笑，低声说："修二，我们成功了哈。"

我则摆出一副理所当然的嘴脸回应道："那还用说！"

第五章

急转直下

高二的三个学期几乎每天都全身心地扑在改造计划上，弄得我一到放春假就像脱线的木偶，什么都不想干，成天窝在家里。原来当制作人这么费神啊！仔细想想，我天天都在不停地动脑动口，同时又要努力不让自己过分抢眼，这在我迄今为止的人生中还真的是头一次。

可怜的手机就被我插在充电器上，邀我出去玩的电话和短信应该已经囤积了一大堆，那个红色的显示灯足足闪了一星期。开学以后，那群家伙肯定又要来烦我了，问为什么不理他们，我打算到时随便找个理由蒙混过关。

但另一方面，由于知道我不是一个整天待在家里无所事事的小孩，老爸老妈不免开始为我担心，成天问长问短的。可因为我实在懒得动，只好决定找借口打发他们，就这样耗完整个假期。

在我每天对父母重复着作业多得做不完、身体不舒服、只想躺着之类的借口时，四月开学的日子不知不觉地日益逼近。

今天在家里营造完轻松愉快的晚餐氛围后，我决定前往便利店去看会儿杂志，放松一下。为了抄近路，我穿过一片小公园。园里有株樱花树，在灯光的照耀下，独自伫立在黑暗中。虽然樱花还含苞待放，但在告诉人们春天已至。再过一年就要告别高中生活了，可一想到改造野猪取得的巨大成功，竟突然觉得有点惋惜。

路上车辆稀少，沿着这条每天的必经之路没走多久，便看见那家位于我家和学校中间的便利店还亮着招牌灯。这家便利店前有一片不大的停车场，晚上经常会有一些不良少年（基本上都是那位看上去很会打架的光头大哥和他手下的小喽啰们）聚集于此。如果在晚上来这家便利店，三次里必定有一次要穿过他们火辣辣的视线走入店门。不过幸好今天没看见那些家伙的身影，只有一对中学生情侣席地而坐，正啃着肉包子卿卿我我。

进店后，随着店门发出一声叮咚的响声，就听到店员也像自动播报器似的喊起“欢迎光临”。之后，周围又被便利店特有的宁静所包围。我顺着杂志架走去，经过女性杂志后停下了脚步，拿起一本适合高中生阅读的少年杂志，捧在手里全神贯注地看起来。

当我抽出第三本少年杂志翻开封面时，就听见外面传来一阵摩托车引擎的轰鸣。我透过玻璃往外看，是那群家伙来了。那位光头大哥今天好像心情不佳，下车后冲着那对打情骂俏的情侣乱吼了一通。八成是在说：“对不起，这儿是我们的地盘。不好意思，还请你们移往别处。”当然措辞肯定毫不留情，只见那对情侣一脸哭相地逃走了。

看来短时间内还是不要出去为妙。我再次把头埋入杂志的世界。

看到一半时，觉得身边正在翻一本摄影杂志的男人，时不时地停下看看窗外，似乎很在意的样子，所以我也不禁瞄了一眼。好像有个人正被那位大哥和他的喽啰们围在中间，看样子快趴下了。

啊呀呀，打起来了。被那种老大盯上，还真是不走运。

我在心里双手合十为他祈祷，尔后重新埋头看起漫画。

又翻过一页，就听到身边的男人从喉咙里发出一声低鸣。

还在打吗？

我抬起头，正巧目睹那位光头大哥对着一个倒地不起的人连踢数脚。

这也未免太过分了吧？你这样踢，也会把身边的人吓死的！

不知是不是因为这种血腥场面在眼前上演，这段时间没有一个人出入这家店，自动门始终紧紧关闭，为我们挡住了窗外的拳脚声和悲鸣声。幸好天黑看不真切。

倒在地上的家伙被人抓住头发硬生生地拖起来。虽然脸看不清楚，但总觉得他在看我。不知为何，我突然变得焦躁不安，立刻将视线落回到手中的杂志上。

干什么！居然被人揍成那样……难道要我救你？拜托，别开玩笑！对手可是那位发飙的大哥！就让我安安稳稳地过日子吧。好不容易休息一下，再说又不是在学校里，我可不想做无用功，义务扮演“桐谷修二”……你就乖乖挨揍吧！

会去拯救非亲非故的陌生人的正义英雄，只是在自寻死路。他们不知道，现在这个世道上扮演坏人的家伙，即使导演叫停，也只会充耳不闻，打到自己爽为止。

我决定无视窗外的一切，继续看我的漫画。不久，又听到一阵摩托车引擎的轰鸣，在短短几分钟内，停车场又恢复了往日的面孔。那个挨打的家伙也不知去了哪里，消失得无影无踪。

我松了口气，心想终于能回家了，于是放好杂志，走出店门。我下意识地走到刚才那人挨打的地方，只见柏油路面上飞散着一些圆圆的红色小点，可能是鼻血。由于眼前的景象太过触目惊心，我不禁打了个冷战。

结果我仍然无所事事地继续送走了两个星期，迎来四月八日的开学典礼。在前往学校的路上，双脚显得异常沉重。可能因为长时间不动，始终找不到状态。谁说“该休息的时候就要好好休息”，我可是忠实地实践了，那谁来对我负责呢？

虽然心里一百个不情愿，但我还是不得不扮起往常的“桐谷修二”。上楼后，三年级的学生似乎正要去体育馆集合，大家都拥到了走廊上。我一想到接下去必须要面对的那一大堆问候，就觉得心烦。正犹豫着要不要进教室，已经有几个男生看到我了，主动打起招呼：“早，修二。”没办法，我只能提升状态，装出女人的声音边跑边说：“人家想死你了！”然后抱住其中的一个。

“修二，好久不见！”

“啊，修二！你这家伙放假的时候玩人间蒸发啊！去哪儿了？”

“修二，这是你的 MD，借了那么久，不好意思。”

“修二，要不要猜猜我们班今年的班主任是谁？猜中每人请一杯饮料。”

我挨个应付着这些没完没了的家伙，冲进人群，挤到我们班集合的地方。

堀内第一个看到我，大喊一声：“你这混蛋放假死哪儿去了？”

我随便打发走他后，就听身后传来奈美的声音：“啊——修二！”然后就觉得脖子被一双手死死卡住，狠命地摇起来。

“你这下落不明的混蛋！也太难找了吧！”

我嘴里喊着“救命”，挣脱她的纠缠，然后随口找了个理由：“手机掉马桶里，坏掉了！”

正当我和堀内还有奈美闲扯着春假逸事时，身后的人群骚动起来。回头一看，只见森川包着绷带，满脸淤青地出现在眼前，正对着周围惊讶不已的同学傻笑。他看到我们后，慢慢走近，打了个招呼。

“出什么事了？”堀内非常吃惊地问。

“我一路走过来，都解释了好几遍了。跟家里那死老头子打了一架，真想不通他怎么能把自己亲生儿子打成这样！”

森川说完，回头看到我在身后，又笑着走过来：“喂！我还当你死了呢！”

“你那脸还真恐怖……本来还有点酷，这下是没救了。”我看着森川的脸随口说道。

他却回了句：“今年流行狂野风。”

刚放完假，每个人都好像储备了一肚子的话题似的，东一组西一圈地聊开了。

一下子倒光的话，明天岂不是又要没话找话说？这世上不自量力的家伙还真是多！

“我们学校不会重新分班，真是太好了。”奈美趁着春假去剪了一头短发。

“开学典礼结束后，一起出去玩吧。算是庆祝我们升到高三了。”

“那去打桌球！”森川依旧像往常一样高声提议。

虽然按照惯例，驳回提议是我的职责，但今天完全进入不了状态，迟迟没能作出反应。

“你这家伙，奈美又不会桌球！”停顿一秒后，堀内总算帮忙把话接上了，我松了口气，赶紧想办法让自己进入状态。

“喂，太瞧不起人了！桌球有什么不会的？修二，我们联手把这家伙放倒！”

“好！就用球杆戳他眉心。”

“那是什么比赛？”（笑）

“啊，野猪来了！”

野猪顶着只刚修过的光头，满眼血丝，还不时吸两下鼻涕，腋下夹着盒餐巾纸冲我们走来：“大家早。”

“别哭啊，野猪。升高三用得着这么开心吗？”我把手搭在野猪肩上，安慰他。

“哪有？（笑）是花粉过敏吧？”

被奈美一问，野猪带着痛苦的表情点点头。

“哈哈，不会吧？太可怜了！”

“我还是第一次看到有人抱着盒餐巾纸走路！”

“堀内，你搞错了！人家抱盒餐巾纸是为了一会儿自己那个……”

“不是吧？（笑）在哪儿？不会在开学典礼上吧？”

“我才不会那样做哈！”（笑）

前一个班的人开始前进，于是我们班也分成男女两排向前走起来。由于堀内是班干部，所以跑到前面领队去了。

我忍不住对森川感慨：“那家伙还真是不怕麻烦。”

“就因为那种家伙当班干部，所以本来好好的事也会被他搞砸。”森川笑着回答。

队列还没前进多久，森川突然用一种有气无力的声音对我说：“修二，陪我去下厕所吧。”

于是我们俩偷偷离开队伍，潜入男厕所。

我其实没什么尿意，但还是决定试试，于是站在森川身边，张开两腿。

寂静的厕所里回响起小便的声音，我正感慨居然尿得出时，早一步完事的森川叫了我一声：“修二。”

我试着将挤出来的尿液对准那个圆形的黄色除臭剂，漫不经心地回了句："嗯？"

"你连我……都认不出来了吗？"

"啊？"我看着森川。

而他却两眼直勾勾地望着那张贴在瓷砖上的写有"保持清洁"的纸条。"你那时正站在便利店里看书吧？"森川小心翼翼地看着我，试探我的反应。

那一瞬间，我的伪装被那眼神撕破了。我感到自己被一种赤裸裸的紧张所吞没，当时的画面像走马灯似的在脑中重现。那静止的几秒，简直让人窒息。

"果然是你吗……快告诉我，是真的吗？修二？"

"啊？"

怎么可能？！

面对我毫无生气的回答，森川的表情抽动了一下。

"不是真的吧……快告诉我是假的！"

快说"不是这样的"，桐谷修二。快说点什么。怎么什么都想不出呢？快啊！

"为什么？为什么不来帮我？！原来你就是这种人吗？"

"不，不是的，我……根本不知道是你……"我的声音听起来很空洞。

越是着急就越会不安，这样说就好像是在撒谎。

"别说了。其实我……很早就觉得，你可能就是那种人……"森川像死心一般扔下这句话，从我身上移开目光，绕过我走出了厕所。

绷带的味道不断刺激着我的鼻子，就像森川给我留下的致命一击。我咽下积在嘴里的唾液，站在原地，不知站了多久。

从那天起，我虽然怀着焦躁不安的心情，但还是和以前一样穿着玩偶装和周围人相处。我一边担惊受怕，担心万一森川说出来，说不定我真会像过去对野猪说的那样，人气一落千丈，可另一边却又安慰自己，至今为止的良好业绩应该不会如此简单地就被森川的一句话全盘否定。

目前除了和森川有些疏远外，周围的朋友没有丝毫变化。早上一到学校，还是会有一堆人跟我打招呼，奈美依然每天晚上用短信骚扰我，和真理子的午餐时间也没有变化。虽然堀内多少对森川的举动抱有疑问，但他和我的感情并没受到影响。

或许在这个没有丝毫改变的环境里，唯一发生变化的，只有我本人。我开始不再习惯身上的伪装，对于长久以来早已得心应手的表演竟有些不适应了。想想在改造野猪的那段时间里，身为艺人的我已经好久没走到台前了。到底是因为技艺有些生疏呢，还是心里放不下森川的事，抑或者只是休息过度、尚未恢复？值得怀疑的原因虽有很多，但自己的表演大不如前却是个事实。有时为填补对话的空白，我会拼命地没话找话，结果却把相互的关系拉得太近。

就在我原地打转、止步不前的时候，野猪的地位却开始扶摇直上。最后的改造计划反响强烈，现在无论男女都对野猪刮目相看，终于有其他班的女生说他“好可爱”，主动提出想和他交往。但为人正直的野猪，却因为喜欢真理子婉拒了对方。不过他受人欢迎的事实已经不容置疑了。

临近期中考的某一天，奈美突然要求我放学后留下陪她复习。由于距离考试仅有一周，课外活动早已停止，少了操场上的打闹声，教室里显得特别安静。

奈美还在嚷嚷着这个不懂那个不明白，我无奈地告诉她：“我该回家了。”

“不行，不行，不行！再陪我一会儿。不如我们去找家咖啡馆吧，星巴克，星巴克怎么样？求求你了！”

经不起奈美的软磨硬泡，我只能勉为其难地答应她，一起走出教室。

“日本史什么的，我真是一窍不通。当然啦，没听课也算是个原因吧，可那位大叔到底在说点什么，根本听不清啊。”

“他应该在教日本历史前，先来个听力练习。”

“就是就是！（笑）太对了！”

由于身边的奈美总是喋喋不休地和我套近乎，所以我只需随便附和两声，便可以很轻松地扮演“桐谷修二”。

日子比想象的要简单，我那些无聊的担忧也在日常的琐事中渐渐淡去。

就是，一度建立起来的人际关系才不会如此脆弱地毁于一旦。

“而且那位大叔估计还有点视线恐惧症。只要一直死盯着他看……啊，森川。”

从奈美嘴里吐出的那两个字，触动了我全身的神经。逐渐被埋在日常生活中的不安，也开始蠢蠢欲动，钻出地表。

“森川！”

听到奈美的叫声，从前面某间教室里走出来的森川回过头，抬起没打绷带的那只手，他本想打个招呼，可当他看到我的那一瞬间，我觉得他的手停了那么一小会儿。

“在干吗呢？”

“刚刚去交现代社会课的作业，本来都过期了，但在我下跪恳求之后，老师还是收了。”（笑）

“那这身伤就是跪出来的吗？”（笑）奈美大大咧咧地开起玩笑。

而我却只能在一边淡淡地笑着。为了不让他们看出我内心的不安，我只能尽全力地克制自己。到现在为止，森川没有一次注视过我的眼睛。

“去哪儿？”森川问。

“嗯……约——会！”奈美回答，“对吧，修二？”

“嗯。”

“也跟我约约会嘛。”

“我不要下跪的男人。”

我们三个人慢悠悠地走在走廊上。森川和奈美正起劲地聊着天，而我则低头不语地走在前面，竖起耳朵监听他们的对话内容。

“你想当单身贵族到什么时候啊？”

就算做戏，也得说些什么！

“直到奈美你回心转意的时候。”

我开始寻找机会。

“那你就单身一辈子好了。”

“不要说这种话！”

“修二，你说这家伙怎么就那么不招女孩子喜欢呢？”

“他那双眼睛像杀手似的，不是吗？”（笑）

希望落空，只听到奈美的笑声无力地回荡在走廊上。

我急着逼自己再找些话接下去：“只可惜对于女孩子，是一个都杀不了。”（笑）

绷带的味道。我可以感觉到森川一直盯着我的脸。

我终于鼓起勇气看着森川，装出一副惊讶的表情：“喂喂，我说森川，不要老看着我嘛！”

几经波折、挣扎着跑出来的话语，在我和森川之间迷失了方向，摔落在走廊上。

“一直以来，你就是这样骗我们的吗？就像这样，开些不轻不重的玩笑，假装跟我们感情很好，不是吗？”

“喂喂，你在说什么啊？”

走廊里冰冷的空气被撕裂开来。奈美诧异地看着我。

我不理会她的视线，表情僵硬地笑着挤出一句：“你在……说什么？”想要蒙混过去。

又来了！

“所以你才会见死不救！因为你根本就没把我当朋友！”森川故意叹口气，提高音量继续说。

奈美终于忍受不了这种怪异的气氛，吐出一句：“到底怎么了？”

我又一次变得哑口无言，说不出话来。“桐谷修二”就是不愿出现。

“你心里很怕吧？很担心我哪天把那件事告诉大家……或者心里充满罪恶感，对吧？”

我竟然被这种家伙……怎么才能摆脱这种状况呢？快想想！有什么事情搞不定呢？“桐谷修二”可是无敌的！

“野猪不就救了你一命吗？可你对我袖手旁观。你一天到晚把那家伙当笨蛋耍，太狡猾了吧？你自己不就是个只说不做的笨蛋？！”

“喂，你们俩到底怎么了？说话真奇怪啊！”奈美说着笑了一下，但那笑容在加速扭曲的空气中显得虚无而毫无意义。

“修二，你给我说句话！”

我清晰地听到森川的说话声，也知道自己已经没有时间了。

那到底要怎么做才能摆脱这种局面呢？

我怎么想都想不出答案。

“什么？又开始装傻。只要对自己不利的事，都一概装傻充愣吗？……你果然是这种人，我总算明白了。那我就让你没办法再装傻！”森川瞪着我扔下这句话，转身大步离去。

“喂喂，森川！”奈美对着森川离去的背影喊了一声。

我也不理会她，径自转过身走向走廊的另一头。奈美曾在半道上追上来拦住我，我避开她的目光，抛下一句“不好意思，我自己先走一步”，奈美也就没再追来了。

第二天上学时，等着我的却是和往常截然不同的氛围，班里人突然都变得异常冷淡。即使和他们搭话，虽然能得到回应，但没了往日的笑容。

第一节课快结束时，堀内发来短信：“森川说的，都是真的？”

果然，果然变成了这样，我在心里这样想。尽管早已料到这样的结局，但我只是自欺欺人，不愿相信罢了。

下课后，堀内把我叫上屋顶。他整个身子都靠在铁丝网上，而我也学着他靠在他身边。沉默比我想象的要漫长。

“森川的伤，都是你害的？”

突然面对如此直接的质问，我的心跳不禁加速：“为什么是我的错？”

“那家伙说就因为你见死不救，所以才伤得那么重。”

我从堀内身上移开视线。

“真的吗？你这样是不是太过分了？”

对话就这样向前流逝，止也止不住，像要吞没我似的。

“你相信吗？”我费尽力气，只吐出一句如此无力的话。

堀内的表情没有任何变化，只是直视着我的眼睛。

我在心里默默祈祷，眼中不要闪现出焦虑的神色。

“也不是所有人都相信他的话，只不过觉得世界上怎么会有这种人……”堀内说着转过身，背对着我。

我在心里默默问他：“你也这么想吗？”

我们开开心心地走到现在，每天一起笑，一起像白痴一样嬉闹玩乐。我在你们身上花的时间也不少吧？

难道到头来，受骗的是我？我原本打算装作和你们感情很好，但事实上你们也只是装着跟我感情很好吗？

我周围本已凝固的空气，突然变成了流动的液体，左右摇晃起来，我只能随波逐流，觉得脚下的大地不再稳固，找不到可以依靠的东西。

“你也不相信我吗？”和刚才一样，从嘴里挤出来的言辞没有半点力气，反而泄露了心底的胆怯。

“你从来就没当我是朋友吧？森川说的，如果被打的是我，你也一样不会救我，不是吗？”

“你就不能相信我吗？”

“你说的话到底是真是假，我也不知道。”

对于自己的无力，连我自己都感到诧异。我找不到任何语言，我所说的每一个字都无法表达我的感受，结果从我嘴里漏出的只是无力的叹息。

“算了，反正我也早就知道，你就是这样的人。”

堀内的这句话，代表了一切。

谁都不曾真的信任过我。

我充满自信打造出的“桐谷修二”，不知从何时起，已经变成一张薄薄的纸片，可以一眼看穿。我一味沉浸在改造野猪的工作中，陶醉于自己的才华，却忽略了对自身的管理。

现在等我惊醒时，一切为时已晚。

本以为自己稳稳当当地跑在前列，没想到不知不觉间竟已落后了整整一圈。越焦虑就越不安，越挣扎反而越往下沉。“桐谷修二”的魅力早已大不如前，慌乱的步伐夺去了我的自信，察言观色的能力也不再灵敏。嘴里吐不出生动的言辞，脑袋里也不再有灵感闪现，我觉得自己这个人正在从人世间逐渐消失。

我开始讨厌自己，整个人变得沉默寡言。一言不发的我当然也不可能再讨人喜欢了，渐渐地，不再有人和我说话，我在班里被完全孤立起来。

对这种状况看不下去的野猪，提出去求森川原谅我，但反而招致我的愤怒："不要多管闲事！"

真理子并没有多大变化，虽然最近我一直都无故缺席午餐时间，没和她一起吃便当，但她还是一如既往地来和我搭话。然而这对我来说，却多少带点怜悯的味道，反而心生厌恶，渐渐不再搭理她。

当原本脆弱的自信崩溃时，我开始拒绝别人，把自己关在一只甲壳里。不出一个星期，我的身边已空无一人，只剩下我孤零零地待在那儿。

从周围人对我的态度，我痛切地感受到自己的信用度已经降低为零。虽然明知这一切都是自己造成的，我却一厢情愿地痛恨起那些不信任我的人，比如冷淡的奈美、美笑，以及班里那些该死的家伙。

到底是谁背叛谁？我曾经的努力难道就不值得一点点赞赏吗？你们对我只会索取，却从来不曾主动付出！喜欢就要喜欢到最后！

但无论我如何抵抗拒绝，我还是战胜不了没人喜爱、不受欢迎的孤独感。对于那些以前被我鄙视为自大狂、不敢战斗逃避现实的家伙，现在的我终于深刻体会到他们在班里独自忍受孤独的心情。但尽管如此，我心底的某个地方还是有个声音在坚持："我跟你们这些家伙不一样。"

我就这样拒绝接受目前的处境，还有自身的脆弱。

上课时，野猪很少见地发短信问我："下课去不去屋顶？"我猜不出坐在身后的猪到底在想些什么。

我去小卖部买了盒巧克力牛奶，缓步走上屋顶。

野猪已经站在铁丝网边，他看到我后点点头，算是打招呼。

我觉得今天的气氛有些怪异，为掩饰内心的不安，我给自己套上"桐谷修二"的假面，将吸管插入巧克力牛奶，边喝边朝他走去："又怎么啦，猪冠军？"

面对我的提问，野猪也不吱声，只是一脸犹豫地看着我。那双眼睛向我泄露了他的想法。

"我说……修二，不如把包装改造的事告诉大家吧？"

"什么？"

果然如此。

"如果那样的话……"

"笨蛋，少管闲事！"

罪恶感。自己曾经仰慕的人如今却跌入谷底、无人理睬，只有自己在享受众人的吹捧，野猪心里一定产生了罪恶感。

"改造计划"是我能控制所有人的唯一证据。谁都没能跨出我划定的界限，都被乖乖关在我创造的世界里。事到如今，"改造计划"就是我的一切，它为我的存在提供证明，为它赋予意义，并体现出它的价值。我不能失去它！

"可是……"

“不要在那儿乱哼哼！”

即使维持现状也无所谓，无论他们如何无视我的存在，只要野猪还在受人欢迎，那就意味着事实上谁都无法无视我的存在。你们就在我创造的世界里好好享受吧！

我不断在心里重复这句话，像在说服自己，用不断堆积的言辞为我的心盖上盖子，否则我不知自己会变成什么样。

“桐谷同学！”

听到别人叫我的名字，我睁开紧闭已久的双眼。前排的女生显得很不耐烦，把一大叠试卷递到我面前。我沉默着接下来，抽出一份放在桌上，将剩余的传到身后。

“桐谷同学”！好久没听人这么叫我了。以前大家都叫我“修二”，从什么时候开始竟以姓氏相称，疏远到如此地步？

前一刻班里的人还在互相猜题，把教室里弄得闹哄哄的，但一开始发试卷就突然安静下来，空气中弥漫着一种奇特的紧张感。等大叔示意开考后，顿时响起一片翻纸的声音，接着就是铅笔写字时发出的沙沙声。

翻开卷子，眼前排列着一堆数学式。我拿起铅笔，想也没想便解开了第一题。还是一样的无聊。我叹口气，开始不停地解答试题。第一张完成，翻过去开始第二张，一路顺畅。还剩最后几题时，我突然感到一阵空虚，停下笔来。

这种能力……不要也罢。

我猛然意识到，自己所培养起的能力根本毫无意义。这种能力，不曾为我带来任何真正想要的东西。即使成绩不错，即使体育很强，即使口才很好，那又怎么样？我一直都在回避这些问题，但现在眼前的一些细节让我被空虚俘虏，无论如何都难以摆脱。我真希望自己能从这个世界上消失。除了一些无意义的能力什么都不会的自己、除了一些淡淡的人际关系什么都没有的自己，以及除了向别人索取根本不会去爱别人的自己，只希望这一切的一切都快点从这个世界上消失！

我把答题纸翻过来背面朝上，用力闭上双眼。眼前的黑暗让听觉变得格外灵敏。铅笔的沙沙声、不知是谁的叹气声、附近修路的嘈杂声，以及纸张的摩擦声都变得清晰起来。我再度睁开眼睛，真理子的休闲便鞋映入眼帘，当然还有那双被包裹在泡泡袜里的白皙的小腿。想想最近都没怎么和她说话，不知为何突然开始怀念从前的日子。那个在一旁温柔地笑着听我说话的真理子，一时占据了整个脑海，不禁有些悲从中来。

我不抱希望地像上次那样，把左手放到课桌下面，然后缓缓张开握紧的手。便鞋没有反应。对于自己的一厢情愿，我无奈地傻笑起来，并一下子握紧了拳头。但这时，左侧的便鞋慢慢抬起，像上次那样开始左右摇动。

眼泪夺眶而出，模糊了真理子的便鞋，我将眼睛用力压在外套袖子上，吸干泪水。

我一直在担心，这个世界上也许已经不再有人注意我，觉得自己会因为这种不安窒息而死。

但就在这一刻，真理子的温柔包围着我，拯救了我的心。

下课铃响起的同时，我站起身，在一片喧哗中默默走出教室。下到一楼，正要走出教学楼的时候，身后传来一声“修二”。回头一看，只见真理子站在楼梯上。

“一起回家吧，”真理子边说边走下楼，看着我很开心地笑了，“好久没一起回家了。”

我什么都没说，只是沉默着点点头，也不看她的脸，径直走向门外。

以前，真理子总会跟在我身后，像跟着我一般。但今天，她却走到我前面，不时地回过身和我说话。每当她转身时，长发总会摇摆起来，散发出一阵清香。

“你很早就做完了吧？很简单？”

“嗯……”

“不过最后还是挺难的，你不觉得吗？我做到一半就放弃了。”

“是……是吗？”

真理子的话虽然很平常，却一点一点地渗入我的内心深处。和她像往常一样聊天，竟让我觉得无比安心。

“最近你都没来吃便当吧？有一天，野猪突然跑进来了，我都不知道怎么办才好。因为平时，总是你来跟他说话的。不过试着和他聊了一会儿，倒觉得他人还不错，虽然之前看到他，还真是会有点不知所措。”（笑）

“这样啊，对不起。”

真理子每每想到一些事情，就会转过身和我说上几句，似乎在想尽办法让对话继续下去。

如果现在突然抱住她，她会怎么办呢？脑海中一下子闪过这个念头。是会拒绝，还是接受呢？不过我觉得，她那么温柔，应该不会拒绝。即使明知这种拥抱只是出于寂寞和辛酸，她也一定会毫无怨言地坦然接受。我越想越觉得自己有一种想要抱住她的冲动。就算心里清楚这样做很狡猾，但觉得现在已经没有别的办法了。

我正打算抓住真理子的手腕时，她突然吐出几个字：“关于森川的事……我都听说了……”

由于听到了最不想听的名字，我收回了正要伸出的手。

“你都……听到些什么？”我静静地问。

真理子很温柔地看着我：“我在想，那件事……并不能怪你。碰到那种事……谁都会害怕的。”

是吗？

“森川说的有多少是真的我也搞不清楚……”

什么！连你都对我……

“不过……我不会因为这种事就讨厌你。”

不会讨厌我?

“因为我知道……其实你是个很善良的人……”她说着，对我露出了笑容。

“那你知道我心里在想什么吗？”我的声音听起来竟意外地平静。

“什么？”

“我觉得你很烦。总是自以为是我的女朋友，你到底了解我什么呢？……明明什么都不知道……就不要做出一副什么都知道的嘴脸！”

真理子似乎被我说出的话语夺去了一切，站在那里动也不动，连手指都僵在原位。那双看着我的眼睛里噙着泪水，一颗泪珠从右眼夺眶而出，滚过脸颊落在柏油路面上。真理子抬起右手拭去新掉落的眼泪，勉强挤出一个笑容，用细若游丝的声音说：“原来如此……对不起。”

混蛋！我开始诅咒从自己口中吐出的电视剧剧本一般的台词。如果对真理子好好解释，她应该能理解我的心情。但刚才一看到她显露出一丝不信任的态度，我就开始自乱阵脚，竟然说出了如此过分的话。

语言能让人欢笑，让人开心，甚至让人感到幸福，但同时也能欺骗别人，伤害别人，甚至打击别人。而且语言这种东西，一旦出口就覆水难收。

正因为如此，长久以来我总是说一些没有营养、但不会让人讨厌的话，决不让语言带上任何的意义或者主观意志。作为一个依靠语言为生的人，我深知语言所具有的力量。但尽管如此，我却……

真理子的肩膀微微地颤抖，强忍着不让自己继续流泪。她一言不发地注视着刚才第一滴眼泪滴落的地方。

在长时间的沉默后，真理子突然抬起头："我不会再烦你了……真的对不起。"然后微笑一下，从我身边走开了。

真理子的身影消失在视野中，只剩下道路两旁一成不变的风景。对于这条不知和真理子同来同往走过多少次的路，我突然充满了无限的爱恋。

第二天，真理子没来学校。因为是考试期间，班里的女生都很为她担心。有人发短信问了一声，好像说是感冒了。

昨天那一幕印在我的脑海中，挥之不去。真理子用手拭去泪水、勉强挤出笑容的样子，总在我脑中反反复复，让我备受煎熬。

一定要向她道歉，我这样想。无论用什么方法，都要跟她道歉。虽然我心里明白，我并不真的想让她原谅我，只是想让自己原谅自己。但我依然觉得，一定要向她道歉。即使真理子觉得我是一个背叛朋友的小人，但重要的是她并没有因此嫌弃我。这就够了，这样就足够了。

其后的日子，确认真理子有没有出现成了我来学校的唯一目的。

我打她手机，她不接。虽然知道她一定再也不想见我，我却非常非常想见到她。就因为这个原因，连遭人无视的学校生活我都能忍受下来。

每到午餐时间，我就会去便利店买一份便当，到过去和真理子一起吃饭的教室，一个人吃午饭。

但不可思议的是，这种等待竟一点都不难熬。

真理子已经四天没来上课了。第五天的中午，我来到学校，爬上楼梯，走到那间教室前，发现门开着一条缝。

难道是真理子?

虽然我非常迫切地想要见她，但一想到真理子就在这扇门后，我竟有些退缩，怀疑现在道歉还有什么用呢。我用力克制住摇摆不定的心情，告诉自己，如果不道歉就什么都不会改变。

对，如果不道歉就什么都不会改变!

我走近教室，听到里面传出拖动座椅的声音。果然在里面。

我深吸一口气，闭上眼。

一定要好好道歉！还要把自己的真实想法也告诉她：我喜欢你，真理子。

虽然迄今为止连自己都不确定，但现在我真的这么想。等待她出现的日子，终于让我意识到这一点。

我需要真理子！不是别人，是真理子!

就在我把手放到门把上的一瞬间，我隐约听到里面传来野猪的说话声。我从那条门缝向里望去，只见真理子坐在以前和我一起吃饭的座位上，斜靠着野猪哭泣。而野猪的手则摩挲着她的肩膀，似乎在小声地安慰她。

真理子把整张脸都埋进野猪的外套，低声哭泣。就像那天在我面前流泪时一样，她的肩膀微微颤抖，时不时地发出一声轻轻的啜泣声。那声音震动着我的耳膜。

虽然眼前的景象显得虚幻而不真实，但我依然可以感觉到自己心里所遭受的巨大冲击。一阵从未感受过的寂寞从心底涌起，瞬间压倒了我。我觉得自己似乎被彻底抛弃，变成一种回忆，然后就这样被掩埋被遗忘。我的内心充满了不安。

就在这波情感巨浪即将完全吞没我的时候，我像要甩开什么东西似的转身离去。

午休时的喧闹时而包围我，时而远离我，但最终仍然抛下我，让我孤身一人。

当自己彻底被周围的人摈弃时，我才知道我想成为的“桐谷修二”和真实的我之间，到底存在着怎样的差距。我不禁怀念起那个离我远去的“他”所创造出的每一个开心的日子。保持适当的距离，赢得适当的喜爱，待在适当的地方。现在的我，真的好想回到过去。

第二天下课时，我靠在屋顶的铁丝网上，一个人傻呆呆地望着蓝天。

我撕下喝干的奶咖盒上的一百日元标签，贴在铁丝网上，顺手将空盒子扔进垃圾箱。今天的风吹得异常温柔，晴朗的天空看起来无比开阔，让人心情舒畅。

我无意识地把视线往下移，却看到野猪正走过来。

在我的注视下，他慢慢走到我身边，然后傻笑着打了声招呼。

“修二，真理子说的不是真的哈？”

我微微一笑，感叹说：“最近还真是经常被人问啊。（笑）什么真的假的？”

“是你在撒谎吧？”野猪的眼神和往常不同，直直地看着我。

为避开他的目光，我松松肩膀的筋骨，让关节发出一阵声响，然后一下子坐在地上：“是真是假，有那么重要吗？你不是最清楚不过了吗？就因为不重要，所以你才会受欢迎，不是吗？”

“这和那个没关系吧？！”

“当然有关系。重要的只是你看到的东西，谁管说出来的话是真是假，只要结果是真的就行了。”我看着野猪那双脏脏的布鞋说。

野猪陷入沉默，我好像听到风吹过身边的声音。

“真理子哭了。”

哭了又怎么样？

“嗯……说起来，流下的眼泪也应该算是真实的。”

“你这是什么意思？你难道想说真理子是在假哭？”

“我可没那么说。我的意思是，只有她在你面前流泪这件事是真实的。”

适度的爱情。我想要的仅此而已，但不知何时，“适度”的界限竟变得模糊不清。我只是输给了成天表演变身秀的辛苦，输给了女人的天真。就因为我太过靠近暖炉，所以才导致“桐谷修二”的玩偶装不幸熔化了。

“我以前可是很崇拜你的哈。”

“那还真谢谢了！”

“是你救了我。我这样的人都可以变得人见人爱，这都是你包装改造的功劳。”

“那么再次感谢！”

“所以我不相信像你这样的人，居然会不理解别人。”

野猪说完，我很夸张地叹了口气：“那你就不要相信好了。反正就算你相信，我也没什么好开心的。”

就在那一瞬间，我和野猪之间出现了裂痕。我故意用言辞刺伤他，显然他的心在隐隐作痛。

“这是你的真心话吗？”

“我刚刚不是说了吗？！真不真、假不假有什么关系……”

“是真心话吗？回答我！”野猪的气息紊乱起来，看着我的眼神有些愤怒、有些悲伤。

太过靠近难免心生厌烦。虽然我深明这个道理，却让这家伙进入了我的内心。是我太小看这位“野猪”艺人了。对着他的时候，我也应该穿上“桐谷修二”的装扮。否则，“桐谷修二”也不用死得那么悲惨。

我懒洋洋地抓抓头，又叹了口气说：“还记得吗？改造协议第四条：变得人见人爱之时即是本合约终止之日。已经实现了吧？所以改造计划也该结束了。祝贺你顺利毕业！”

“毕业？”

“我说，我和你的关系也就是业务上的关系，合同中止后也没必要继续往来，现在全部结束了。您辛苦了！”我看着他的眼睛，一字一句地说。野猪的表情显得极不自然。

小谷信太的嘴唇在颤抖，他盯着我，吐出一句“承蒙您照顾”，然后转身离去。

我目送这位由我一手打造的男星的背影消失在视野中，抬起头继续欣赏五月的晴空。

第六章

尾声

六月。又到了这个国度特有的潮湿季节。今年，我的衣服也一如往年湿湿地粘在身上。那位半老不老的气象预报播报员，也不明确说会不会下雨，只在最后加上一句极不负责任的“以防万一，请大家带伞出门”。不用以防万一了，从一大早就开始不停地下了。

不过今天就连雨都没什么干劲，刚才还是倾盆大雨，现在却突然变成了绵绵细雨，淅淅沥沥地滴个没完。雨还真是“淅淅沥沥”地下啊，我不禁钦佩起那个想出如此准确的词来形容雨的人，他一定无数次地倾听、对比，最终才找到这样一个词的吧。这才是精准无误的语言。

如同细丝一般的雨水打湿了草木，打湿了柏油路面，打湿了行人的雨伞，也打湿了没带伞的秃头大叔的脑袋。但它似乎还不满足，尽管我上学时已经万分小心地绕过水坑，但校裤的裤脚仍然被无情地打湿了。我注意到裤脚还粘着一些细砂，于是用手拍了两下，然后透过玻璃窗注视着不留情面的雨。

从窗户上方滑落的雨滴，中途又和其他伙伴合二为一，迅速往下方坠落。走廊上没有自然光，显得有些阴暗。右侧一排教室里不断传出大人的说话声和年轻人闹哄哄的嘈杂声。

这时走廊里传来一阵潮湿的鞋子发出的声音。在我刚走上来的楼梯那儿，出现了一个和我身穿同样的校服、脸部轮廓分明的男生。显然是迟到了。

他看到我站在走廊上后，一边用好奇的眼神打量着我，一边甩甩雨伞上的水滴，然后拉开一间教室的后门，走了进去。

不久，那个男生刚刚进入的教室里传出一阵更大的喧闹声，接着我侧前方的门被猛地拉开，一个据说是我班主任的、戴着黑边眼镜的男人，探出半个身子，对我招招手。

时间到了。

从那扇被拉开的教室门里，延伸出一道光线照射到走廊上。而在那里面，我的新客人们正在耐心等待着。

我要从头来过！

王牌制作人“桐谷修二”一定会将我打造成一位无敌巨星。

夏天不热，冬天不冷，为我寻找一个最最舒适的位置。

这次请一定把我带到那里去！

“桐谷同学，进来吧。”站在门边的新班主任，笑着迎接我。

我立刻换上一副人见人爱的表情，走入了那间明亮的教室。